La Femme d'après

Arnaud Friedmann

La Femme d'après

la manufacture de livres

Si vous souhaitez recevoir notre catalogue
et être tenu informé de nos publications,
envoyez vos coordonnées, en citant ce livre à :

La Manufacture de livres, 101 rue de Sèvres, 75006 Paris
ou
contact@lamanufacturedelivres.com

www.lamanufacturedelivres.com

ISBN 978-2-35887-820-3

« I'm looking for a way to play this part where age doesn't make any difference. »[1]

Gena Rowlands, *Opening Night*

1. « J'essaie de jouer ce rôle de manière à ce que l'âge ne soit pas un sujet. »

MONTPELLIER

6 AU 10 AOÛT 2009

Il y a l'air tiède du milieu de la nuit, quelques moteurs en écho, le bourdonnement des télévisions à l'intérieur des immeubles, puis soudain, des voix. Je ne m'y attendais pas. Je pensais avoir le trajet pour moi. J'avais fantasmé ce retour solitaire jusqu'à la voiture, dix minutes pour infuser la soirée, ses promesses. Il n'y a pas loin, de l'appartement au parking, le quartier est excentré ; cubes neufs, habitations cossues ; malgré l'été je n'avais pas prévu ça : croiser des gens.

Je ne ressens pas d'appréhension. Juste le dépit d'autres silhouettes que la mienne dans les rues, et l'ennui des politesses auxquelles il faudra se soumettre.

Ils s'approchent, ils parlent fort. Je les entends, même si je ne distingue pas les mots. Ils ont l'accent d'ici, du Sud, ou de plus au sud ; des voix d'hommes jeunes. Je souris. Je revois la silhouette de Jacques à côté de la mienne sur le balcon, nos corps animés par la même attraction que vingt ans plus tôt, les gestes vigilants qui étaient les nôtres pour trinquer et nous dévoiler sans l'urgence des premières fois.

Ils avancent vers moi sans le savoir, sans savoir qu'à la prochaine intersection ils me croiseront, moi que leur jeunesse attendrit. Leurs voix s'imposent à la nuit, des promesses les attendent, plus entières que les miennes, moins sereines. Je m'ouvre à eux avant de les avoir vus, malgré mon envie d'avoir la ville pour moi seule.

Depuis combien d'années ne me suis-je pas sentie légère à cause d'un homme ? Du commencement possible d'une histoire – de sa répétition dans le cas présent ?

Maintenant, je les vois. Ils m'ont vue, eux aussi. Ils cessent de parler, continuent d'avancer dans ma direction. Une angoisse, d'un coup. Elle chasse mes rêves de romance répétée avec Jacques, m'assène que je ne devrais pas être là, à marcher dans les rues de Montpellier le visage allumé d'un espoir anachronique, avec mes rêves de promenades dans la nuit pareilles à celles de mon adolescence.

Ils sont quatre, trois derrière, un qui se tient devant, qui met le cap sur moi comme si je n'existais pas. Ou que si, justement. Comme si j'existais trop.

– C'est pas prudent de se balader toute seule, comme ça, la nuit, madame.

Derrière, les comparses ne ricanent pas. Je me serais attendue à ce qu'ils ricanent, ça aurait correspondu à mes codes, j'aurais identifié l'agression, au moins reconnu ça, ça m'aurait tranquillisée.

Celui qui se tient devant est tout près de moi. Les autres à quelques pas, indistincts. Je sens l'odeur de son haleine, un relent de chewing-gum à la menthe, décalé. C'est ce qui m'affole le plus, de reconnaître dans sa bouche les effluves de mes premières amours, de Jacques à la sortie de notre premier cinéma ensemble, il y a un peu plus de vingt ans. *Opening Night*.

– T'as entendu ce que j'ai dit ? C'est pas prudent, ce que tu fais.

L'affiche du film rechigne à s'estomper, derrière la vitre sale de la rue Gambetta. L'obtuse pâleur de Gena Rowlands et la force qui se dégageait d'elle. *Je t'imagine comme elle, plus tard*, m'avait chuchoté Jacques pendant qu'on s'approchait de la caisse ; je l'avais mal pris.

Le silence me contraint à regarder celui qui vient de parler, le silence et l'immobilité soudaine de notre décor. Aucun de ses traits n'adhère à ma mémoire. Je me concentre sur sa voix, y déniche des intonations qui pourraient plaire aux filles s'il les modulait différemment, à la manière d'un acteur américain. Les autres continuent de se taire. Je n'avais pas l'impression, avant d'apparaître dans leur champ de vision, que leur conversation rendait un son grégaire. L'idée me traverse, je me hais pour cette idée, l'idée me traverse que je ne devrais pas être là, pas avoir traversé la France pour retrouver Jacques vingt ans après notre séparation, me mettre en travers du chemin de ces types, les contraindre à m'agresser. À laisser leur chef rouler ces mots menaçants, jouer la partition attendue.

Au moins j'aurais dû rester chez Jacques jusqu'à la fin de la nuit, accomplir ce que j'étais venue chercher, plutôt que m'offrir cette liberté dans les rues, le film de la soirée dansant dans la tête jusqu'au parking, jusqu'à l'hôtel. La possibilité de croire que j'avais encore le pouvoir d'en rester là, rentrer chez moi, juste l'avoir revu et désiré autant qu'il y a vingt ans.

– Tu me réponds, *connasse* ?

J'enregistre qu'il ne m'a pas traitée de salope. J'en tire un courage inouï, déplacé, une absence de peur absolue. *Salope*, oui, l'histoire aurait été différente. Les comparses aussi sont déçus. Il n'y pas de temps à perdre pour garder l'avantage.

– Je me promène.

– Toute seule ?

Il va ajouter quelque chose. La phrase est déjà prête, elle contient le mot qui déclenchera ce qui est écrit, qui scellera mon destin. Je le refuse. J'improvise une réponse pour que le mot ne soit pas dit, qu'il me reste une chance d'atteindre la voiture, de ne pas finir en fait divers.

– Vous êtes de Montpellier ?

Ça le déstabilise. Le mot n'est pas sorti. Je prends mon sac le paquet de cigarettes entamé avec Jacques, lui en tends une. Pas aux autres.

– Je fume pas.

Je range mon paquet, comme si ça ne se faisait pas, de s'en griller une devant un non-fumeur. Même si le non-fumeur est l'agresseur. Je l'ai énoncé, mentalement : *l'agresseur*. Ça devient réel, du coup, la situation. Plus de place pour *Opening Night*, les souvenirs d'il y a vingt ans, la douceur de la nuit, le bras de Jacques autour de mes épaules quand on avait quitté la salle de cinéma. Le passage qui nous ramenait à la rue Gambetta, la vitre battue de quelques gouttes devant laquelle nous étions restés enlacés, une dizaine de minutes, à fixer l'affiche comme pour prolonger les impressions du film. Le même regard tout à l'heure quand j'ai quitté son appartement.

Quatre types, dont un à moins d'un mètre de moi ; des paroles menaçantes. La suite, je la connais. C'est comme si on me l'avait racontée, la scène que je vais vivre, exactement, l'absence d'issue. Pourtant, il n'y a pas de peur, juste le sprint de mon cerveau pour dénicher des phrases qui pourraient me sauver.

– Je viens de Besançon. J'ai deux filles.

Je cherche dans mon sac, mes mains ne tremblent pas. J'aurais eu les mêmes gestes pour une amie perdue de vue croisée à la sortie d'un hypermarché. *La grande est mon portrait craché, du moins c'est ce que tout le monde prétend. Moi je suis incapable de trouver des ressemblances aux visages.* Du porte-monnaie j'extrais les photos de Zoé et de Clara. Clara, mon portrait craché, paraît-il. Je tends les clichés en direction du type, bras replié. Ne pas le toucher, surtout ne pas le toucher.

Il chasse l'air devant les images, ne me touche pas non plus. Il n'est pas passé loin de ma main. S'il l'avait frôlée, la suite se serait enclenchée, la suite à laquelle je ne vais pas parvenir à échapper, ou peut-être que si, sûrement que si, j'ai l'espoir imbécile d'y échapper, pas pour retrouver la douceur de ma rêverie sur Jacques, ni même le souvenir de mes filles. Non, juste mes pas comme avant ; juste mes pas sans la menace d'inconnus, dans le milieu de la nuit montpelliéraine, la possibilité de me remémorer une soirée d'il y a vingt ans, l'attente dans la file d'un cinéma de province avant la découverte de ce qui deviendrait mon film préféré, la bouche de Jacques. Le lendemain la télévision tournait en boucle sur trois syllabes, Tchernobyl, mon père monologuait pour rassurer la famille, *une exagération de journalistes, ça n'aura pas de conséquences pour nous.* Je pensais aux baisers de Jacques. Des mots nouveaux survolaient la table : radioactivité, fission, réacteur, tandis que j'échouais à me rappeler la forme de son nez, les dimensions de son front, l'épaisseur de ses lèvres.

– Je m'en fous, de tes filles.

– Pas moi.

Pas moi, j'ai dit. J'ai envie de pleurer tout à coup. Il faut congédier Zoé et Clara, ce soir je ne peux compter que sur moi. Parler, pour qu'il ne me traite pas de salope, ou de pute, pour que ne s'enclenche pas ce à quoi il aspire, ce que guettent ses trois comparses en arc de cercle. Parler comme mon père devant sa télévision pour conjurer une inquiétude confuse.

– Vas-y, te laisse pas embrouiller.

Le meneur fait un geste, l'autre se tait. Il me regarde, je comprends que j'ai gagné, pas un muscle de mon visage ne l'indique, toute ma concentration monte à mes yeux, pour les vider de toute expression, ne pas les détourner de lui et dans le même temps lui dénier tout prétexte de conflit, d'étincelle.

– Pourquoi t'as parlé de tes gosses ?

Il sait aussi qu'il a perdu. Il gagne du temps, pour les trois autres, derrière. Je manque de hausser les épaules, la sueur me saisit le dos, la nuque, hausser les épaules, non, surtout pas.

– L'aînée a dix ans. Zoé. La plus petite sept. Clara.

– T'as pas de mari ?

Il pourrait ajouter la phrase qui contiendrait le mot, celui qui déclencherait le scénario. Je me grise du risque de lui en laisser la possibilité. L'emballement que ça me procure, tout proche du sentiment que j'avais en sortant de chez Jacques.

L'âge réel de mes filles, je ne peux pas l'avouer. Dix ans et sept ans, c'est doux, ça se dépose comme un baume sur les violences prêtes à surgir. L'âge qu'elles ont sur les photos dans mon porte-monnaie.

Non, je réponds.

C'est lui qui hausse les épaules. Je me dis qu'il voit ce que ça fait. Ça ne m'apporte aucun sentiment de victoire, ni de vengeance.

– Tu devrais pas te balader toute seule, la nuit.

À nouveau, il me fixe dans les yeux. L'odeur de menthe passe, mêlée à celle des arbres sous lesquels on s'est arrêtés.

Il y a les phares d'une voiture, à la perpendiculaire du boulevard, dans notre direction.

– On se casse.

– Mais…

– On se casse, j'ai dit.

Ils se cassent.

Je les laisse passer à côté de moi, les quatre, je ne me retourne pas, je ne frissonne pas quand ils me frôlent. Les phares de la voiture s'approchent, je compte qu'il leur faudra cinq secondes pour être à ma hauteur, j'enclenche le compte à rebours, un effort incroyable pour maîtriser chaque pore de mon visage. Le bruit du moteur efface les pas des types qui s'éloignent, ou se planquent derrière un mur pour revenir après le passage du véhicule.

Je ne cours pas.

Je ne lève pas la main quand la voiture me dépasse.

Je reste immobile, les yeux dardés sur le reste du chemin à parcourir jusqu'au parking. Deux cents mètres de trottoir, le boulevard à traverser, la première rue à gauche. Sept minutes.

J'attends. Il n'y a que ma main droite qui tremble, un tremblement incontrôlé. Je ne pourrais pas m'allumer de cigarette s'il m'en prenait l'envie.

Plus tard, quand ma main s'est calmée, je déplace ma jambe gauche. Je fais un pas. Mon corps se trouve à l'équilibre entre l'écart figé de mes pieds, une seconde, deux secondes, puis la jambe droite à son tour obéit, avance. Je marche. Est-il possible que je retrouve dans l'air des traces de l'odeur de menthe ? Ou est-ce l'écho du vent dans les feuilles ?

Je marche. Le ciel est sans nuages, les étoiles atténuées par le halo des lumières de la ville. Je parcours les deux cents mètres du boulevard. Le feu piéton est rouge, je m'engage quand même, je traverse. Je tourne à gauche. Encore cinq cents mètres, et je vois la voiture. Je ne me suis pas retournée.

Je glisse la clef dans la serrure.

S'il m'avait suivie jusqu'ici… La sensation de sa paume contre ma nuque se fait si réelle que ma peau se contracte. Je pourrais vomir, m'évanouir, mais il n'y a rien, pas de peau étrangère contre ma peau, pas de caresse hostile, pas de couteau contre ma colonne. Je m'installe au volant, avant de démarrer je me permets une dose de larmes, quelques secondes, pas plus ; comme un dû à ce qui vient de se passer. De ne pas se passer. Je ne jette aucun coup d'œil par la vitre conducteur. S'ils m'ont suivie, ils peuvent me voir pleurer. De ça, je me vengerai. Plus tard. Pour l'instant, je leur échappe. Je leur ai échappé. Je verrouille la portière.

J'aurais la force de démarrer et de les écraser s'il leur plaisait de se presser contre l'habitacle.

L'idée surgit dans la nuit. Jusqu'à elle, il y avait eu les sensations attendues : les moindres replis des draps comme une contrainte intolérable, les frissons sous la peau, d'autres larmes, plus lentes ; l'insomnie, bien sûr.

Ai-je sacrifié mes filles pour sauver ma peau ?

J'ai un mouvement de repli dans le lit, comme si je voulais m'enfouir d'avoir pensé ça, m'enfuir de moi, de cette ville où je n'aurais pas dû revenir traquer mon amour de jeunesse. L'idée n'a fait que passer, pourtant je sais qu'elle reviendra, que je l'envisagerai comme une hypothèse. Même s'il ne le faut pas. S'il ne le faut absolument pas.

Je me lève, extrais du porte-monnaie la photo de mes filles. Je les fixe, incapable d'être émue par l'image qu'elles me renvoient. Ce pourrait être n'importe quels enfants.

Je pose la photo sur la table de chevet, éteins la lumière.

Demain, je devrai dresser un portrait-robot, et j'en suis incapable. Les visages n'impriment pas dans ma mémoire, je n'en retiens pas les caractéristiques. Pour ma mère, cette incapacité provient de ce que je ne sais pas prêter attention à autrui. Elle l'a dit à une de ses amies, un jour que je pouvais l'entendre. *Comme son père.*

J'essaie de me concentrer sur les traits du type, mais rien ne vient, à part sa démarche, sa manière de reculer la tête quand j'ai tendu vers lui la photo de mes filles, la densité de son regard.

Qu'est-ce qu'ils vous ont fait ?

Qu'est-ce qu'ils m'ont fait ? Des mises en garde, des propos vagues. *Connasse*, c'est vrai, mais est-ce qu'on porte plainte parce qu'on s'est fait traiter de *connasse* ? Une expression du Sud, qu'on balance à la fin de toutes les phrases, une ponctuation sonore. Où est la menace ? Je me figure l'expression du flic, les doigts suspendus au-dessus de sa machine, attendant que ça commence. Que commence ce qui justifierait qu'il tape ma déposition sur sa feuille vierge.

C'est tout ?

Je tends le bras pour atteindre l'interrupteur, mes doigts ne reconnaissent pas la géographie de la table de chevet, renversent une tasse qui claque au sol, ne semble pas s'être brisée. Pendant la chute, j'ai senti le contact tiède du sachet de tisane contre le dos de ma main, le sachet encore chaud qui m'a brûlée. J'allume, ça n'a qu'à peine l'effet escompté, ça n'estompe rien, ma respiration ne s'allège pas. La photo se gondole, déforme les traits de mes filles.

Au moins, la tasse est intacte au sol. Je la ramasse. Les projections des restes du liquide tracent sur la moquette une forme sans signification qui dans un film aurait fait l'objet d'un plan fixe, sans musique. Ou peut-être que non. Je n'ai aucun talent pour imaginer ce qui dans ma vie vaudrait la peine d'être filmé, mis en valeur, zoomé.

Et vous pouvez nous le décrire ?

Non.

Je ne peux pas.

Je n'ai pas le courage de me lever pour essuyer les taches, demain elles se seront incrustées dans la moquette, elles attesteront de la longueur de cette nuit.

Pour cette raison je me lève ; pour qu'il n'y ait pas de traces de cette nuit sur la moquette. Je passe devant le miroir, m'immobilise. Caleçon, tee-shirt informe, des jambes qui m'ont valu les compliments d'anciens amants. Jacques aussi aimait mes jambes, le premier à les avoir caressées, la semaine où le nuage de Tchernobyl s'approchait de la France.

Est-ce que le scénario aurait été différent si je n'avais pas interposé les images de mes filles entre les types et moi ?

Ont-elles senti, dans leur lit à Besançon où sans doute elles dormaient à l'instant où je me servais d'elles, la trahison de la mère ? L'une des deux, plutôt Clara qui me ressemble et me devine toujours, s'est-elle réveillée en hurlant comme prise par un cauchemar ?

À quatre pattes, pour essuyer les traces au sol, pour ramasser le sachet de tisane. Ma posture a quelque chose d'indécent. Je contracte mes fesses, mon entrejambe, la honte monte. Je m'assieds. Le souffle coupé. J'ai entendu le mot, dans ma chambre, avec l'exacte intonation du type, le meneur.

Salope.

Sa voix, je la reconnais. Pourtant demain je serai incapable de la décrire aux policiers, d'en traduire les sonorités par des mots. Ils pourraient avoir à mon corps défendant des connotations racistes, ces mots. Je ne veux pas de la complicité frontiste des types qui m'écouteront.

Pourtant il suffirait que je laisse planer un doute sur l'origine des agresseurs pour qu'ils me prennent au sérieux.

Ce serait pire.

Salope, ils auraient eu raison de le dire.

Je me force à aller jusqu'au miroir. Des cernes sous les yeux. Les sclères rougies d'avoir chialé.

Encore belle. Séduisante.

J'en ai eu la confirmation dans les regards de Jacques.

Je continue de plaire aux bourgeois blancs qui ont raté leur vie sentimentale, qui sont disposés à accueillir sans questions ni conditions le retour de leur premier amour. Des types bien conservés qui vivent dans des appartements luxueux avec vue sur la ville, quartier tranquille, cinquante mètres carrés de terrasse, bacs rouge sang à chaque angle avec quatre variétés de palmiers ; des ingénieurs en biologie qui servent du pouilly-fuissé dans des verres disproportionnés et un *limoncello* aux citrons AOC de la côte amalfitaine en digestif. Qui n'ont pas un mot de trop pour tenter de retenir la femme qui dit qu'elle va rentrer à son hôtel, alors que toutes ses attitudes montraient qu'elle était venue pour passer la nuit.

Les types ont-ils senti dans mon haleine les marqueurs de l'alcool ? Leur ai-je semblé, pour cette raison, impure ? Impropre à assouvir leurs pulsions ? Est-ce que ce serait pire, si le type m'avait épargnée à cause de ma consommation de *limoncello* ? Qu'il ait ricané, plus tard, avec ses potes, *la gueule de la vieille avec son coup dans le nez ? Et la photo de ses filles qu'elle nous a montrée ?*

Je pourrais appeler Jacques, le réveiller, lui demander si j'avais l'air saoule quand je l'ai quitté.

Je n'ai pas pensé à l'appeler, jusqu'à cette minute. Ni à retourner chez lui.

Je tire la peau de mon visage, devant la glace. Que reste-t-il de la femme qui lui a plu, vingt ans plus tôt ? M'a-t-il seulement *reconnue* ? Aucun grand cru ne pourra remédier à la disparition de celle que j'ai été pendant le printemps de Tchernobyl, aucun sourire sur la terrasse, aucune attirance des corps. Je retourne sous les draps, ils sont froids, la présence de Jacques n'y aurait rien changé.

J'essaie de me le représenter à mes côtés, dans cette chambre d'hôtel. Ce serait plus intolérable encore que de ne partager mon angoisse avec personne. Il aurait des mots manqués pour me consoler, des mensonges sur l'héroïsme dont il aurait été capable, s'il avait été là.

Pourtant, s'il avait été là, je n'aurais pas sorti la photo de mes filles pour l'interposer entre l'agresseur et moi.

Je m'éveille d'un cauchemar où la voix du meneur ricanait. *Il ne t'est rien arrivé.* C'est comme ça que je le désigne, au moment du réveil affolé : le meneur.

Le mot m'exaspère, il renvoie à des soumissions de cour d'école, aux diktats des caïds.

J'écarte les rideaux, lève les volets roulants avec l'espoir que l'air de la nuit m'aidera, l'air vierge des pollutions de la chambre ; avec l'espoir que l'accomplissement d'un geste, quel qu'il soit, écarter les rideaux, ouvrir la fenêtre, m'apportera un soulagement.

Dès que je pose la main contre le tissu rêche, je comprends que ce sera inutile. Pourtant le geste se poursuit de lui-même.

Il y a devant moi le rectangle frais de la nuit, l'angle supérieur droit mordu par une avancée du toit, et à la verticale, la lune. Je ne l'avais pas remarquée si pleine, en sortant de chez Jacques. Peut-être est-ce elle qui a éveillé les instincts belliqueux des types, poussé le meneur à m'insulter ?

Connasse.

Je me retourne. Dans la chambre, il n'y a personne. Pourtant, la voix a résonné.

Dans la chambre, il n'y a personne, la forme blanche de la couette mal rabattue sur le lit dans l'angle supérieur droit, comme une copie du paysage dévoilé par la fenêtre, démasque l'endroit où ma tête a cherché sans succès la consolation du sommeil.

J'avance jusqu'à la porte, fais jouer la poignée. Fermée. Je vérifie qu'il n'y a personne dans la salle de bain, derrière le rideau de douche, aucune crainte du ridicule. Aucun sentiment de sécurité supérieure, après. *Connasse*. Le mot a résonné dans la pièce, investi les lieux, il cogne à mon crâne. Des deux mains j'étire la peau de mes joues, enfonce les doigts sous les os zygomatiques, me déforme. Le reflet du miroir me renvoie une image qui n'est ni plus ni moins moi qu'avant cette déformation.

Je retourne à la fenêtre. Il me semble qu'à la surface de la lune aussi il y a une ablation, une morsure pareille à celle du ciel et de mon lit. J'aurais dû m'arracher un morceau de peau pour m'intégrer au dérèglement du monde.

J'essaie de me reprendre, de ne pas perdre pied. La lune n'a pas pu s'effacer, même en partie. Je la fixe. Pourtant, c'est indéniable, une zone d'ombre la grignote. Si une éclipse avait été annoncée, Jacques m'en aurait parlé. Il m'aurait retenue jusqu'à son avènement, en aurait profité pour m'enlacer sur son balcon, comme il l'avait fait vingt ans plus tôt à la sortie du Plazza. À l'angle de sa rue, cinq cents mètres plus bas, quatre types seraient passés après minuit, n'auraient croisé personne, le meneur n'aurait lancé son *connasse* à la gueule d'aucune femme, ni sous-entendu qu'il n'était pas prudent de marcher seule, la nuit, lorsque l'on est une femme de mon âge.

Un papillon vient battre la fenêtre à côté de moi. Il repart, hésitant, blessé ? Ses ailes bruyantes se dispersent dans l'obscurité, bientôt il ne sera plus visible. Il disparaît dans la masse du bâtiment d'en face ; je remarque un type à sa fenêtre, qui traque la lune avec une longue-vue. Il ne m'a pas repérée, je suis soulagée de ne pas avoir allumé la lumière. En détaillant mieux la façade, je me rends compte qu'une fenêtre sur trois est ouverte, peuplée de silhouettes orientées dans la même direction. C'est leur présence qui a causé mon malaise, même si je ne m'en étais pas rendu compte. Je bats en retraite, je ne supporterais pas que l'un deux me dévisage, me hèle, me sourie.

L'écran de mon portable découpe un carré phosphorescent dans la nuit de la chambre, les deux notes d'accueil familières ont ce soir une tonalité différente… De l'extérieur, pour ceux d'en face, ma fenêtre s'est colorée d'une lumière bleutée, les plus curieux peuvent deviner qu'un client a allumé son ordinateur, ou la télévision. Ils ne savent pas que c'est moi. Ils ne peuvent plus me *voir*.

Il est trop tôt pour appeler mes filles.

Mon téléphone me confirme qu'il y a bien, cette nuit, une éclipse de lune. Je lis l'intégralité de l'article, sans en comprendre un mot.

J'ai envie de m'avancer vers la fenêtre, de contempler le spectacle comme les autres, mais il y a les troncs anonymes qui dépassent des fenêtres, les bras qui se tendent, des couples enlacés qui seront sans doute séparés à la prochaine occurrence du phénomène (dans combien d'années ? je l'ai lu il y a moins d'une minute, impossible de m'en souvenir), qui feignent de ne pas s'en douter. Jacques avait peut-être prévu d'évoquer le sujet, si je n'étais pas partie si vite, de me réserver la surprise à l'occasion d'un passage sur sa terrasse. Il faudra que je lui demande, demain.

Ou ce soir ? Il aurait été normal que je l'appelle en arrivant à l'hôtel. Mais maintenant ? En pleine nuit ? Répondrait-il ?

J'éteins le téléphone, m'approche de la fenêtre en longeant le mur, clandestine. Entre le rideau et la vitre, un interstice de quelques millimètres offre à mon regard une bande verticale d'appartements. Huit étages. Sur chacun d'eux, quatre fenêtres entrent dans mon champ de vision, une cinquième se floute sous les mouvements imperceptibles du tissu. Je recense seize fenêtres allumées, vingt-trois silhouettes tournées vers la lune. Sept couples, dont quatre enlacés. Ils ne bougent pas, neuf braises de cigarettes par intermittence s'embrasent, composent sur la façade de l'immeuble des dialogues clignotants, des communications aux règles inaccessibles. Ils n'ont pas conscience d'être si nombreux, encore moins d'être observés. Aucun d'eux n'a eu à subir plus tôt dans la soirée les menaces d'inconnus rencontrés dans la rue, ils se sont endormis le réveil réglé sur l'horaire de l'éclipse, ou ont veillé jusqu'à l'effacement programmé de la lune. Maintenant, ils regardent, se demandent s'ils seront encore vivants quand le phénomène se reproduira. Bientôt ils retourneront se coucher, s'endormiront ou feront l'amour ; je resterai cachée à fixer les ouvertures sans vie de leur immeuble.

Tout à coup, au sommet de l'interstice entre la fenêtre et le rideau, une clarté, puis la lune. Je la laisse pénétrer tout entière dans le rectangle effilé de mon champ de vision, ça dure, je ne suis pas pressée. Lorsqu'elle disparaît, l'ombre de l'éclipse l'a presque abandonnée.

Les coups contre la porte me font bondir. La poignée s'abaisse trois fois, trois mouvements de métronome, déshumanisés. Il y a une clef glissée dans la serrure, qui fait sourdre dans mon dos une terreur instantanée. Je hurle.

Le visage de la femme de chambre répercute ma terreur, elle se jette en arrière en hurlant elle aussi des excuses, ou des insultes, claque la porte. Ses pas décroissent dans le couloir, saccadés, comme si j'en avais brisé la mécanique. Je devine son cœur battre aussi vite que le mien, sa haine des clientes qui ne quittent pas leur chambre à l'heure du nettoyage. Si elle s'était fait harceler par quatre inconnus, elle n'en serait pas sortie indemne.

11 h 04.

J'ai dormi.

La chaleur s'engouffre dans la chambre par la fenêtre restée ouverte, se déploie sur la blancheur de la couette, la nudité des murs, le vide de la journée qui m'attend. Je n'ai pas envie d'aller à la plage, pas envie de contacter Jacques à midi comme je lui ai promis. Peur d'entendre la voix de mes filles, qu'elles perçoivent dans la mienne ce qui m'est arrivé hier, le rôle que je leur ai fait jouer, dont je dois les préserver.

Je me douche. M'habille. La femme de chambre, à nouveau, frappe à ma porte. Je lui ouvre, m'excuse, nous ne sourions pas de notre double terreur, ne sympathisons pas, notre conversation n'a pas de consistance, nos mots ne nous servent à rien.

Je marche dans les rues. Je reconnais les abords de la gare, pénètre dans le hall, circule parmi les passagers, me laisse porter par les escalators. Des quais, des destinations, des annonces au micro. Je m'installe à la table d'un bistro sous un couloir couvert, commande un café que je bois en regardant défiler les inconnus qui traînent leurs valises, transpirent, sortent des trains heureux de trouver l'été, le soleil, les promesses des vacances. Trois heures s'enchaînent sans que je bouge de mon tabouret.

Mon téléphone sonne, je ne réponds pas, le poids des gestes à accomplir pour décrocher, me lever, commander un autre café, s'avère insurmontable. Plus tard, je marche dans Montpellier. Les intersections des rues sont emplies d'autochtones, de touristes, d'individus dont la présence interdit aux meneurs de se mettre en travers du chemin des femmes, de les traiter de *connasse* et de disparaître. Je marche, mes pas ne me permettent pas de me réapproprier ma liberté, de me reconstituer une insouciance.

Je pourrais tomber sur eux, dans la clarté du soleil d'août. Sentir dans l'air l'haleine mentholée du meneur. Depuis hier, je n'ai pas pensé qu'ils ont continué à exister après mon agression. Je les ai figés dans la centaine de secondes de notre confrontation, de l'instant où j'ai entendu leurs voix à celui où leurs pas se sont éteints dans mon dos.

Je ne peux plus avancer. Des corps me bousculent, je devine des commentaires, accepte les colères que mon immobilité fait éclore. Ils existent, les trois restés groupés à l'arrière du meneur. Il existe, lui à qui j'ai parlé de mes filles. Dans son doigt qui s'est pointé vers moi, le sang circule. Ils existent et je serais incapable de les identifier s'ils se matérialisaient devant moi.

Il y a un commissariat, à quelques mètres de moi. Mes pieds refusent de m'y porter, au contraire ils m'en éloignent. Je n'ai jamais eu cette sensation d'être emportée sans savoir où j'allais, de ne plus me conduire. Je suis accélérée, je me précipite dans les rues de Montpellier, c'est moi qui heurte des inconnus, bouscule des types qui téléphonent, qui sont peut-être mes agresseurs d'hier. Je reconnais la terrasse d'un restaurant où j'ai dîné avec Jacques, en 1986, une boutique de vêtements où je me suis arrêtée avec mes filles une quinzaine d'années plus tard. Une guêpe se cogne contre ma lèvre, bourdonne en s'éloignant, je suis la trajectoire incurvée de son vol, porte une main à ma bouche. Elle ne m'a pas piquée.

Je regagne mon hôtel. L'écran de mon portable affiche neuf appels en absence, six de Jacques, trois de Clara. Aucun message. Les fenêtres de l'immeuble d'en face sont toutes fermées, volets, stores, rideaux, pour refouler à l'extérieur la chaleur de la fin de journée. Impossible de croire que la nuit dernière des couples s'y accoudaient, des silhouettes s'y massaient pour scruter la disparition de la lune. Impossible que les nuits se succèdent désormais.

Je m'allonge, habillée, sur le lit. Des étages supérieurs de l'immeuble, on peut me voir. Une femme entre deux âges, encore séduisante. Un pervers pourrait se branler en me regardant. Formuler mentalement que je suis *bien conservée.*

Je pense à me lever pour tirer les rideaux, renonce.

Jusqu'à minuit, je résiste à l'endormissement pour contenir cette journée, l'étirer jusqu'à l'absurde, les yeux fixés sur mon réveil. Aux dernières secondes avant minuit, une panique, puis minuit, et rien.

Henri Delavelle me prend le bras pour descendre du tramway, ne le lâche pas quand nous avançons sur le trottoir. La ville s'efface. Nous nous engageons sur un pont. Au bord de la margelle, trois clochards se bastonnent. Je me retourne pour m'assurer qu'ils ne transfèrent pas leur agressivité sur nous, ils ne semblent pas nous avoir remarqués. La bouche de celui qui gueule le plus fort est édentée, à l'exception d'un chicot qui brille avec excès. Je me rapproche d'Henri, qui prend mon geste pour une acceptation.

Le pont surplombe des arpents de garrigue dont les relents me procurent une ivresse comparable à celle de me faire courtiser par cet homme qui ne me plaît qu'à peine, ou juste parce qu'il insiste. Je l'avais trouvé plus séduisant sur sa photo de profil. Son nom aussi avait quelque chose de prometteur. Henri Delavelle. Maintenant qu'il marche à côté de moi, je repère les défauts de sa peau, les plis sous le menton, des relents de sueur dissimulés sous un déodorant de bonne qualité. Il a glissé sa main dans la poche arrière de mon jeans, chacun de mes pas provoque une caresse de sa paume contre mes fesses.

Je me demande comment tu les choisis, aurait grommelé ma mère.

Nous nous engageons dans une galerie qui longe un flanc de coteau. L'impatience d'Henri Delavelle grandit. Il ralentit, cherche à m'embrasser. Je me retourne, les clochards nous suivent à une distance raisonnable.

Quelque chose dans mon comportement, un raidissement, l'informe que je ne me laisse plus faire. Pourtant il me plaque contre le bord de la galerie, laisse les trois types nous dépasser. Ils font mine de ne pas nous regarder.

Henri Delavelle se colle à moi. Son souffle s'accélère. Je perçois une vague odeur de transpiration crânienne dans ses cheveux. Le désir arrive, crispe le bas de mon ventre, disparaît aussi vite qu'il s'est manifesté. Il laisse place à l'ennui d'un corps inconnu contre le mien, à l'inutilité d'un sexe d'homme plaqué à mon pubis.

Je laisse sa langue fouiller la mienne, satisfaite malgré tout qu'il ait envie de continuer. Je connais son nom et son prénom, sa manière de relever le menton par à-coups brusques, mais je ne sais pas qui il est ; s'il a le droit de m'imposer son intimité. Il devine mes interrogations, recule d'un pas.

Tu m'énerves.

Il répète :

Tu m'énerves !

Il prononce cette phrase en boucle. La redit une dernière fois, avec une modulation interrogative :

Tu sais que tu m'énerves ?

J'acquiesce en caressant ses cheveux comme ceux d'un enfant inconsolable. Nous n'irons pas plus loin.

Henri Delavelle l'a bien compris.

L'hôtel est silencieux. Du rêve, ne subsiste que la sensation de ma main contre les cheveux d'Henri Delavelle. Le ressac de la nuit contre la fenêtre entrouverte a la même douceur que mon geste.

Je cherche une position pour me rendormir. Mes doigts frôlent la peau de mes jambes, y provoquent des frissons.

Au premier de ces frissons, le souvenir du meneur m'exproprie de mon corps. Tout en moi se contracte. La respiration s'accélère. Il n'y a plus de plaisir au contact des draps, aucune paix dans le balancement des rideaux. L'érotisme niais de mon rêve m'accable.

J'envoie un texto à Jacques. Je lui propose de le retrouver dans l'après-midi. Je m'excuse pour mon silence de la veille – une fièvre passagère.

Je prends le livre commencé dans le train, son poids entre mes doigts me décourage. Il faudrait fermer les yeux, se rendormir, trouver dans les rêves l'oubli de ce qui aurait pu se passer.

Je ne me rendors pas.

Jacques retire son tee-shirt, découvre trois plis au bas des hanches que le soleil n'a pas bronzés, qui tracent des moustaches blanches autour de sa colonne. Il est resté mince, je sais qu'il s'entretient plusieurs fois par semaine dans une salle multisport ; pourtant la texture de sa peau atteste l'éloignement de nos vingt ans, de nos premières amours. Il pose son sac de plage à côté de ses espadrilles, lance une serviette dans les airs, torero de pacotille. Il se met à quatre pattes pour étirer les coins et les maintenir avec des galets, lisser les dénivellations du sable. Je me souviens que j'avais envie de lui, autrefois. Hier encore peut-être, à cause du *limoncello*, et de la douceur de l'air. Aujourd'hui, sa méticulosité me donne envie de le prendre dans mes bras pour lui offrir une consolation à notre vieillissement, rien de plus.

Il a posé son après-midi pour la passer avec moi, ne m'en a pas voulu de mon départ en pleine nuit, du silence qui a suivi. Je me sens obligée de lui faire la conversation, d'entrer dans le jeu de la séduction. Rien de comparable avec la légèreté du premier soir. Je me tiens allongée à quelques centimètres de son corps, n'éprouve pas de gêne pour les imperfections du mien. Au bord de l'eau, un couple d'adolescents se renvoie un ballon : eux ont les corps qu'il faut, même si je n'envie pas leurs existences, ce qui les attend jusqu'à ce qu'ils atteignent nos âges.

Un vendeur de beignets passe. Jacques me demande si j'ai faim, je décline. Il insiste, je le regarde marcher jusqu'à la cabane portative, payer le type aux mollets durs et cramés, revenir vers moi avec un sourire triomphant.

– Je nous ai pris du thé à la menthe. Tu te souviens qu'on en buvait, il y a vingt ans ?

Des traces de sucre collent au pourtour de ses lèvres. À nouveau, quelque chose m'émeut dans la joie qu'il met à savourer son beignet. Je me vois nettoyer d'un doigt le pourtour de sa bouche, m'approcher de ses lèvres pour les embrasser. J'y goûterais l'odeur de la pâtisserie, et de la menthe.

Un haut-le-cœur me saisit au souvenir du meneur.

– Ça va ? Tu n'as pas l'air bien ?

Il propose de m'enduire d'un supplément de crème, pour m'éviter les brûlures. Malgré le produit gras, ses mains sont sèches quand elles touchent mes épaules, descendent le long de mes bras. Toute sensualité est absente de ses gestes, de la manière dont je les reçois. Je m'allonge sur le ventre pour qu'il se consacre à mon dos, pour ne pas avoir à croiser son regard, l'envie que je pourrais y lire. Ceux qui nous regardent nous prennent pour un couple résigné, qui se tartine avec pour seul souci l'efficacité.

Un caillou sous la serviette me procure une gêne au niveau de la tempe ; je n'ai pas le courage de le retirer, ni même celui de me déplacer. Des gouttes de sueur percent sous la couche de crème, se rejoignent en rigoles au niveau de la colonne, dans les plis des aisselles. Je devine plus que je ne la sens l'odeur ronde de ma transpiration d'été. Au lieu du bien-être habituel, j'éprouve un dégoût, l'envie de quitter la plage pour retrouver l'état de la ville la nuit, avant la rencontre avec le meneur. L'ivresse légère qui me guidait.

– Tu l'as échappé belle !

Je demeure immobile, les mots de Jacques n'ont pas de sens. Il évoque quelque chose qui ne m'intéresse pas, qui sera à côté de ce qui m'obnubile. Je voudrais qu'il se taise, que les gens sur la plage s'estompent, me laissent seule avec le ressassement de cette rencontre subie. Peut-être que si j'étais seule, de longues heures sur la plage sans bouger, je parviendrais à exsuder l'angoisse qu'a générée le meneur, la colère vaine contre ce qui n'a que failli advenir.

– Une fille de vingt ans a été tuée, avant-hier, à quelques rues de chez moi.

Je ne bouge pas. Quelque chose se déploie en moi, aussi nettement que la sensation de l'éveil, ce matin. Je ne bouge pas, il ne faut pas que je bouge. Seule l'immobilité me permet d'échapper à la folie qui gronde, aux conséquences de ce qui a changé en moi à l'instant où Jacques a prononcé ces paroles. La sueur continue à glisser le long de mon dos, à s'enrouler autour des branches de mes lunettes de soleil. Quelques grains de sable blanc, peut-être une dizaine, je devrais les compter, se distinguent sur la masse plus claire de la plage, dans l'espace restreint de ce que je peux voir depuis ma position allongée. Je ne pourrai plus me lever, jamais, plus quitter la serviette. Je m'évaporerai puis pourrirai là, à cet endroit choisi par Jacques parce qu'il était à l'exacte équidistance de la mer, des dunes et des autres touristes.

– Tu aurais presque pu croiser l'assassin, dis donc. L'heure approximative du crime est 2 h du matin. Tu es partie de chez moi à quelle heure ? 1 h ? 1 h 30 ?

Des pas font crisser le sable près de ma tête. Deux voix se superposent à celle de Jacques, un homme, une femme, qui vont se baigner. Lui parle d'un type qui *n'a pas eu raison de faire ce qu'il a fait*, elle lui trouve des excuses, *il n'avait pas le choix, à sa place j'aurais fait pareil*. Ils ne se disputent pas, je crois même les entendre rire quelques secondes plus tard. Le crissement du sable se prolonge sous la serviette, comme si le sol continuait à vibrer après leur disparition.

– Tu dors ? Moi, je vais me baigner.

Je parviens à déployer un bras, enfouis une main sous le sable, la relève, laisse les grains me filer entre les doigts.

– Tu ne dors pas, mais c'est tout comme. Tu m'accompagnes ?

C'est facile, tout à coup, sans raison, de tourner la tête vers lui, de sourire, de lui dire que non. Il se lève et s'éloigne vers la mer. Le journal qu'il lisait est posé sur sa serviette, le vent en soulève par à-coups quelques pages. J'attends qu'il soit entré dans l'eau pour m'emparer du quotidien. La sueur au bout de mes doigts, mêlée à la protection solaire, laisse ses traces sur le papier.

L'article comporte une dizaine de lignes, la photo d'une rue que je ne reconnais pas. Il ne m'apprend rien de plus que ce dont Jacques m'a parlé. Une jeune femme de vingt ans a été retrouvée poignardée dans le quartier de Montpellier où habite Jacques. Aucun indice. La police mène l'enquête.

Le cliché, mal cadré, montre un ensemble d'habitations récentes, des immeubles semblables à ceux entre lesquels j'ai marché il y a deux jours, croisé quatre types qui ne m'ont pas poignardée. Je ne reconnais pas les lieux, pourtant l'image ramène avec une précision insoutenable le parfum de cette nuit-là, l'ivresse et le bruit de mes pas, l'odeur de menthe dans l'haleine du meneur. Au premier plan, il y a le dénivelé d'un trottoir, assombri d'une tache sombre. La mauvaise qualité du cliché, du papier, ne permet pas de deviner s'il s'agit de sang, laisse le lecteur se demander si le journaliste aurait osé photographier ce sang, s'il aurait pu le faire avant l'arrivée de la police, l'installation des protections usuelles des lieux de crime.

– Elle est bonne, tu aurais dû m'accompagner. J'y retourne avec toi, si tu veux.

Jacques soulève sa serviette, en disperse le sable avec le mouvement du type en parade amoureuse. Il se sèche avec vigueur, objectivement il n'est pas mal conservé. Au bas de son dos, juste au-dessus du boxer, un triangle de poils clairs compose comme un socle à sa colonne, l'image m'attendrit. Pendant quelques secondes, monte l'envie d'accepter son invitation, d'abandonner le journal sur la plage, de courir vers l'eau et de jouer aux raquettes, de provoquer les regards blasés des ados pour nos comportements anachroniques. Puis Jacques s'estime sec, il repose la serviette avec des gestes trop précis de vieux garçon, s'affale avec une expiration exagérée.

– Je devrais poser plus souvent des demi-journées comme celle-là pour profiter de la mer. Il faudrait aussi que tu viennes ici plus souvent, pour m'aider à décrocher du travail.

Il tourne vers moi son visage où un sourire creuse les rides d'expression. La calvitie a gagné quelques centimètres sur le sommet du crâne, clairsemé les premières rangées de cheveux. Je ne parviens pas à imaginer sa tête au-dessus de la mienne pendant l'amour ; son rictus au moment de l'orgasme me revient, celui qu'il avait vingt ans plus tôt. Je le regarde avec douceur pour qu'il cesse de me parler, ne lui renvoie aucun mot. Ses espoirs de conversation le maintiennent figé dans une pose d'attente, quelques secondes, avant qu'il ne renonce et se rabatte sur le journal qui a glissé entre nos deux serviettes.

Il en chasse le sable d'un geste un peu trop appuyé, s'attaque ostensiblement à la lecture des pages intérieures. Il ne commente plus les articles pour moi.

Vingt ans.

Je regarde mes mains, la peau plus fine qu'à l'époque de Tchernobyl, pas encore de taches de vieillesse.

Une fille de vingt ans a été tuée.

C'est quand Jacques a énoncé l'âge que mon cerveau a généré l'impensable.

Trop vieille.

Ils m'ont épargnée parce que j'étais trop vieille.

Ils m'ont épargnée parce que j'étais trop vieille pour eux. Pas à cause de ma manière de leur tenir tête, de mon prétendu courage, des scénarios que je me suis inventés sur ma force, mes ruses. Pas non plus à cause du portrait de mes filles que je leur ai brandi sous les yeux.

Non.

Trop vieille.

Ils l'ont vu immédiatement sur mon visage. Eux m'ont reconnue. M'ont reconnue comme *vieille.*

Jacques continue de parler. Puis il retourne se baigner. Ce qu'il dit ou fait ne m'intéresse pas. Seule l'impensable tourne en boucle dans ma tête, contamine chaque recoin du cerveau, gangrène mon corps entier.

Trop vieille.

Trop vieille pour me faire violer.

Je formule la phrase mentalement, elle assèche ma bouche, accélère les battements de mon cœur. Je suis capable de penser ça ?

Si j'avais porté plainte, comme j'en ai eu l'idée, dans la nuit, le flic aussi aurait pensé que je n'étais plus assez jeune pour terminer en égérie de fait divers. Il en aurait fait le sujet d'une blague, à l'apéro, avec ses potes, le soir-même.

Qu'est-ce qu'elle croyait, la vieille ?

Je les entends rire.

Je me retourne. Sur la plage trois hommes assis à l'ombre d'un parasol s'interpellent à voix haute, bouteille de bière à la main. Des groupes d'adolescents des deux sexes se bousculent, se cherchent, certains ont la tête tournée vers moi. À cause de la violence du soleil, impossible de savoir s'ils me regardent, si c'est de moi qu'ils rient. De mon corps de vieille qui attend avachie le retour d'un type pas plus jeune qu'elle, zébrures blanches aux hanches et triangle de poils clairs au bas de la colonne. Cheveux rares sur le front.

Même pas capable de dire à quoi il ressemblait. Si ça se trouve elle a tout inventé.

Je porte mes mains à mes oreilles pour ne plus les entendre ; des mains à la peau trop fine, vouées à être parsemées de taches brunâtres. Des mains de vieille qu'il est risible d'imaginer autour d'un sexe d'homme. D'un sexe d'homme jeune qui se balade dans les rues de Montpellier, la nuit, un poignard à la ceinture.

Mon estomac se contracte. Un renvoi de bile me brûle l'œsophage, acidifie le fond de ma gorge. Je m'assure que

Jacques ne me voit pas, qu'il est toujours dans l'eau – je crache un jet de salive verdâtre sur le sable, m'essuie la bouche du revers de la main.

Je n'entends plus aucun rire sur la plage.

Il y a le jingle de France Bleu Hérault, une journaliste qui indique minuit passé de vingt secondes. Demain, mon séjour à Montpellier prendra fin, ma présence dans cet hôtel, cette semaine que je me suis offerte au détriment de toute logique. Après le trajet en train, je retrouverai mes filles, leurs odeurs dans l'appartement familial, la routine du bureau, ma vie de mère célibataire à Besançon. Je n'aurai pas renoué avec Jacques notre histoire vieille de vingt ans, malgré le repas qu'il m'a préparé, la demi-journée de congé qu'il a posée pour la passer avec moi à la plage ; malgré nos corps presque nus allongés côte à côte, parmi d'autres corps presque nus et pareillement promis au vieillissement, aux accouplements poussifs.

Parmi les titres, un fait divers, l'assassinat d'une jeune femme dans un quartier résidentiel. Une manière de l'annoncer qui vise à maintenir l'attention des auditeurs du début de nuit, la promesse de dévoiler les derniers éléments de l'enquête après le compte-rendu des événements nationaux, avant les prévisions météorologiques. Les mots circulent, inoffensifs et putassiers, sur les ondes du département, retiennent à peine l'attention de ceux qui les entendent, dans leur voiture, dans le lointain d'un salon pendant qu'ils font l'amour, dans une autre région où l'éloignement suffit à créer un sentiment d'immunité. À part quelques proches, s'ils écoutent France Bleu Hérault, mais pourquoi le feraient-ils à cet instant, à part quelques proches et moi, la phrase de la journaliste n'induit rien d'autre autre qu'une indignation de confort, le soulagement poisseux de n'être concerné que par la curiosité.

La douche de la plage n'a pas suffi à effacer tout le sel de ma peau, ni la poix de mes pensées malsaines. Quelques cristaux ont séché contre le duvet des bras, des cuisses, créent un contact rugueux avec le tissu de la robe que je n'ai pas retirée au retour du restaurant. La victime avait-elle passé sa dernière journée au bord de la mer, accueilli sur son derme le même filtre invisible que les doigts des thanatopractrices caresseront demain pour la dernière fois ? Jacques m'a raccompagnée à la porte de l'hôtel, ça a été compliqué de ne pas lui proposer de monter ; je n'ai pas le souvenir d'avoir été aussi gênée, comme une adolescente qui refuserait de perdre sa virginité. Je me suis presque enfuie, ai fermé la porte de la chambre à clef, ultime vexation qu'il n'a pas pu connaître, qui a redoublé ma culpabilité. L'alcool avait rendu le repas supportable, permis de faire comme si les étapes d'un couple en train de se reconstituer n'étaient pas toutes en train d'advenir, les regards appuyés de Jacques, son discours qui s'alourdissait de phrases à double sens, un relâchement imperceptible de son attitude envers moi, comme si déjà il s'était trouvé dans l'après, dans ce moment où on se serait retrouvés un peu désemparés après l'orgasme sur son lit, ou celui de l'hôtel. La même envie d'être loin. La même peur de l'existence à partager qui s'offre comme une possibilité, la crainte de s'y laisser glisser par conformisme, en renonçant aux routines rassurantes de nos célibats.

Je n'ai pas l'énergie de quitter le lit, tout entière dans l'attente des mots que prononcera la journaliste. Ceux qu'elle dit en attendant circulent sans ordre dans le volume de la pièce, s'y attardent ou disparaissent selon leurs sonorités, quelque chose qu'ils évoquent en moi, comme s'ils voulaient d'eux-mêmes composer d'autres récits que les phrases que je vais entendre, se constituer en rempart. À moins qu'ils ne soient complices, que leur brouhaha n'ait pour but que d'augmenter ma confusion.

Dans l'enquête sur le sordide assassinat d'une jeune femme, survenu hier au milieu de la nuit, des éléments nouveaux sont parvenus à notre connaissance. Quatre individus, âgés de vingt à vingt-trois ans, auraient été interpellés peu après le crime, suite à l'appel d'un voisin qui aurait assisté à la scène depuis son domicile sans pouvoir intervenir. Ce voisin aurait alors immédiatement prévenu la police, avant d'être le premier sur place pour tenter de pratiquer les gestes de premiers secours, en vain, sur la jeune femme. Ces informations que France Bleu Hérault a obtenues par un proche de l'enquête n'ont pas été confirmées par les autorités judiciaires. Nous reviendrons en détail sur cette affaire dans nos éditions de la matinée.

Vingt à vingt-trois ans. Le voyant rouge de la télévision rebondit à côté de mon épaule sur le montant du lit, disperse un halo lumineux vers le plafond, où il dessine un imperceptible cône rose dans l'angle opposé de la pièce, révélant un craquèlement de la peinture. Vingt à vingt-trois ans. Et moi tellement plus, tellement plus malgré mes pas légers dans la nuit, l'illusion où j'étais de ma jeunesse retrouvée, des premières amours recommencées. De la musique a succédé aux informations de la nuit, sur France Bleu Hérault, un air que je connais et qui entraîne mon pied à battre la mesure dans le vide, je m'en rends compte au filet d'air qui circule entre mes orteils, que je crispe, prise en défaut.

Vingt à vingt-trois ans.

C'est comme si j'étais entrée par ces chiffres dans l'intimité du meneur et de sa bande, comme si leur jeunesse définie entre deux bornes précises diffusait en moi des bribes de chansons d'anniversaires, des bouilles de gamins ravis d'ouvrir leurs cadeaux à Noël, des images heureuses. Les photos de mes filles sous le sapin s'interposent et je crie, je crie seule dans un hôtel à Montpellier d'avoir osé associer mes enfants aux monstres, il faut que je me lève, que j'enfile ma veste et des espadrilles, que je sorte. Mon voisin de chambre, au moment où je franchis ma porte, entrouvre la sienne et me dévisage, il a la mimique de celui qui voudrait parler, je l'ignore et quand j'ai atteint le fond du couloir, je l'entends s'enfermer à clef.

Le gardien de nuit lève les yeux sur moi et les reporte sur un écran qu'il tient entre les mains, sans me saluer ni me sourire. Il y a la porte automatique qui s'ouvre devant moi, puis je suis à l'extérieur, entre les immeubles clairs du Montpellier ancien. L'enseigne de l'hôtel esquisse au sol un tracé lumineux intermittent, invitation à partir sur ma gauche, à me laisser guider vers le quartier en contrebas. Je retrouve les mêmes effluves de l'air qu'il y a deux nuits, la même absence d'appréhension qui me fait avancer, croire à un avenir léger. Est-ce qu'il serait possible, à cet instant, d'appeler Jacques, de lui proposer de le rejoindre, de marcher jusqu'à chez lui et de me laisser embrasser à ma sortie de l'ascenseur, guider jusqu'à son lit et jouir ?

Il y a autour de cette idée un emballement, un afflux d'énergie qui éperonne mon allure, va jusqu'à me faire porter la main à la poche arrière de mon jeans, où je sais trouver le portable. J'en parcours la forme rectangulaire du bout des doigts à travers le tissu, éprouve le roulis de mes hanches sous le rythme de ma balade.

Je n'appelle pas Jacques. J'ai laissé passer trois, quatre pas de trop, dans une direction qui n'est sans doute pas la bonne, ou parce que le mouvement que j'ai initié ne peut se conclure par un appel à Jacques. Parce qu'autre chose m'attire, que je ne sais pas définir, l'assouvissement de l'angoisse qui cogne, une ruée à peine consciente vers un intervalle d'âge compris entre vingt et vingt-trois ans, une fureur dirigée contre un objet qui m'échappe.

Au pied de presque tous les immeubles, des poubelles à couvercles jaunes ont été sorties, relient les pas-de-porte les uns aux autres. Je vérifie leur contenu, déçue de trouver à la place de l'odeur de détritus à laquelle je m'attendais la saveur sèche de cartons mal pliés et de papiers froissés. À la lumière d'un réverbère, je contemple la tache grasse qu'un reste de pizza a laissée sur un emballage de livraison ; à Besançon mes filles ont peut-être commandé leur dîner à la même enseigne, partagé leur repas avec des garçons qui les ont embrassées en fin de soirée. Les voisins sont venus frapper à la porte, réclamer le silence, ou ont haussé les épaules en se disant qu'il faut que jeunesse se passe. À présent, il est possible qu'elles dorment enlacées aux corps d'adolescents qui n'ont pas tué de jeune femme l'avant-veille, qui font peser sur elles leurs bras non criminels. Qu'elles sauront décrire à leurs amies le lendemain.

Dans les appartements qui bordent ma balade, des couples sommeillent aussi. Il faudrait connaître l'adresse des parents de la victime, marcher jusqu'à leurs fenêtres et m'installer en face de leur façade, sur un banc, partager à distance leur douleur et faire pénitence au matin, avouer à leurs visages dévastés que ça aurait pu être moi, que ça aurait dû être moi, qu'ils sont en droit de me demander des comptes, à moi autant qu'aux tueurs, de m'en vouloir d'avoir été trop vieille, trop sûre de moi, pour mériter de finir sous les coups des assassins de leur fille.

Ce n'est plus possible, à présent, d'appeler Jacques. De marcher jusqu'à lui. D'espérer de ses caresses un oubli de ce qui ne m'est pas arrivé, une direction différente pour le reste de ma vie. En venant à Montpellier, je savais que notre histoire ne recommencerait pas, je n'escomptais rien d'autre qu'une commémoration, une manière de repartir pour une nouvelle année, l'éducation de mes filles, les cours d'œnologie du mercredi, le voyage dans une capitale d'Europe avec Zora la seconde semaine des vacances de la Toussaint. Je ne l'appellerai pas tout à l'heure depuis la gare, j'effacerai son numéro de mon répertoire et ne conserverai de lui que ce qu'il y a eu d'agréable entre nous, une saison adolescente et quelques minutes d'une promesse dans la rue qui m'éloignait de son appartement.

Il y a cet immeuble qui ressemble à celui où j'imagine vivre les parents de la victime, qui y ressemble comme parfois certains lieux qu'on a rêvés se révèlent dans la réalité des années plus tard. Au troisième étage, une fenêtre allumée sur ce qui pourrait être un salon, je n'aperçois que les rayonnages supérieurs d'une bibliothèque, le dernier tiers d'un tableau aux tonalités noires, un lustre à quatre branches dont je me souviens avoir vu un modèle identique dans un catalogue. Il y a aussi, sous un arbre, le banc tel que je l'ai espéré, où je m'installe et laisse décroître les battements de mon cœur. Des ombres au plafond m'indiquent les déplacements de ceux qui ne dorment pas, une lumière s'allume pour quelques secondes à une fenêtre voisine plus étroite, cuisine, toilettes, salle de bain ? Je n'ai pas besoin d'être renseignée sur la douleur qui circule dans ces pièces, je la fais mienne, je pourrais croire qu'elle est supérieure à la leur, ce serait indécent, aussi indécent qu'avoir ôté la vie à une jeune femme dont le seul tort aura été de marcher après moi dans les rues de Montpellier.

Autour de moi, la luminosité augmente ; je n'ai jamais ressenti à ce point le passage de la nuit à l'aube, pas même ce premier jour de mes quarante ans où j'ai guetté le lever du soleil depuis ma chambre d'hôtel sans rien éprouver d'autre qu'un étonnement vide.

D'autres fenêtres s'éclairent, des volets s'enroulent avec des bruits démesurés, des visages mal réveillés me fixent sur mon banc sans s'attarder, reviennent peignés vérifier que je suis toujours présente, décident de ne pas s'en préoccuper. Je ne représente aucune menace.

Au troisième étage, le lustre s'est éteint, plus aucune ombre ne circule au plafond, le sommeil a peut-être eu raison de la douleur ; ou peut-être aucune ombre n'a-t-elle supporté l'avènement d'un jour nouveau, d'un jour nouveau sans la jeune femme figée à la morgue de Montpellier.

En contrebas de la rue, le moteur d'un camion et les cris des ripeurs remontent jusqu'à moi. Le véhicule s'immobilise à un mètre du banc, deux hommes en combinaison verte zigzaguent autour de moi comme si je n'étais pas là, le crissement des bacs traînés sur les dalles se répercute à mon siège, s'insinue dans mes os. Les poubelles sont saisies par des pinces métalliques, projetées vers le haut par des mouvements saccadés, jusqu'au basculement vers l'intérieur de la benne et l'ouverture des couvercles jaunes qui permet le vomissement silencieux des cartons et papiers divers. Un des ripeurs s'éponge le front, en profite pour me dévisager de biais. Lui aussi pourrait avoir entre vingt et vingt-trois ans. Il hausse les épaules, puis tape sur l'épaule de son partenaire qui s'était figé dans la contemplation de l'intérieur de la benne. Ils rapportent les bacs vides à leurs places, crient une phrase que je ne comprends pas au chauffeur, bondissent dans une parfaite symétrie sur les marchepieds au moment exact où le camion démarre. Cinquante mètres plus loin, leur chorégraphie reprend, celui qui m'avait dévisagée se retourne et me fixe un peu plus longuement. Cette fois c'est son collègue qui le bouscule, le rappelle aux impératifs de leur métier. Il y a un troisième arrêt, en haut de la rue, puis ils bifurquent et je ne les vois plus.

Une lumière s'est allumée dans le hall de l'immeuble. Je pourrais m'approcher, profiter de l'ouverture de la porte pour entrer, monter au troisième étage et coller mon oreille à la porte. Traquer quoi ? Des sanglots, des bruits de pas, une communication avec la police, les pompes funèbres ? Un groupe d'oiseaux passe au-dessus de moi, dans l'air doux de l'aube aoûtienne, je n'étais pas venue ici pour mettre en œuvre des projets morbides, je n'ai jamais été tentée par le voyeurisme, l'apitoiement sur autrui. D'où vient que ces idées nouvelles se multiplient depuis ce qui n'est pas arrivé, l'autre soir ?

Je me lève, il est temps de marcher. Rester pourrait me pousser à entrer pour de bon dans le hall de l'immeuble, je ne veux pas céder à cette folie soudaine.

Je me retrouve par hasard sur la place où nous avons dîné, il y a moins de douze heures, avec Jacques. Une grille métallique a été abaissée contre la porte par où nous avons quitté le restaurant. À côté, il y a un café, où un serveur dénoue les chaînes qui protègent des tables et des chaises empilées pour la nuit. Il me sourit.

– Je peux m'asseoir ?

– Normalement, non, on n'ouvre que dans une heure. Mais le patron n'est pas là… Si vous voulez un café, je peux vous l'apporter quand j'aurai fini d'installer ma terrasse.

Je choisis la seule place que le soleil bas éclaire, c'est plus normal d'être assise à cet endroit que sur un banc à contempler la façade d'un immeuble. J'aimerais n'avoir pas perdu l'habitude de fumer le matin, n'avoir pas laissé mes cigarettes sur la table de chevet de l'hôtel. La première bouffée serait âpre, me planterait de plain-pied dans ma dernière journée montpelliéraine.

– Je pourrais vous prendre une cigarette ?

– Je suis désolé, Madame, je ne fume pas.

La même réponse que le meneur. La même réponse. La situation n'a rien à voir.

– Vous avez quel âge ?

Il marque un temps d'arrêt, comme s'il regrettait d'avoir proposé une place en terrasse, avant l'horaire autorisé, à cette femme qui lui pose des questions, essaie de lui soutirer des cigarettes. Se croit autorisée à engager un flirt parce qu'il gagne la moitié de son salaire.

– Vingt-deux ans.

Il rentre à l'intérieur du bar, n'en ressort plus pendant un long moment. Je ne parviens pas à trouver le courage de quitter cet endroit, je fixe la place qui s'anime lentement, pas encore de touristes, quelques travailleurs à vélo.

– Tenez. C'est un client qui a oublié son paquet, hier, je me suis souvenu que je l'avais rangé dans un tiroir. Je ne pense pas qu'il reviendra le chercher.

Il rit. Il a déposé sur ma table un café, et un paquet de Chesterfield entamé. Il ne m'en veut pas de lui avoir parlé, il n'a pas dû penser que je le draguais.

– Vous êtes ici pour les vacances ? Qu'est-ce que vous faites debout de si bonne heure ?

C'est moi qui n'ai plus la force de subir une conversation. Je fixe le visage du serveur, me demande s'il s'agit d'un étudiant qui travaille pendant l'été, ou d'un type qui envisage de faire ce métier toute sa vie. Aucune des deux solutions ne me paraît préférable à l'autre. Je marmonne que je n'ai pas réussi à m'endormir, que j'ai voulu profiter de l'aube.

– Elle est belle, notre ville, hein ?

Je lui réponds *oui,* sèchement, puis je demande le journal. Il continue à me sourire, comme si ma soudaine impolitesse ne le dérangeait pas plus que mon amabilité passée, qu'elle était constitutive du comportement des insomniaques qui envahissent les terrasses à l'aube.

Le scoop de France Bleu Hérault sur l'arrestation de quatre individus de vingt à vingt-trois ans n'est pas parvenu au journal avant le bouclage. La manchette en première page n'évoque que le sordide du crime, l'article en page trois dévoile la photographie d'une adolescente souriante, et une biographie sertie des mots convenus pour figurer l'horreur, l'effroi, l'injustice. Je jette une énergie démente sur les caractères imprimés pour ne pas penser qu'elle est plus jeune que moi, beaucoup plus jeune, pour ne pas me demander si elle était plus jolie.

– Quels barbares, ceux qui ont fait ça !

La voix du serveur me procure une gêne physique, une contrariété qui s'insinue dans chaque nerf, contracte mes doigts, ma gorge. Je me vois lui gueuler de se taire. Il n'a aucun droit à s'exprimer sur le drame qui aurait pu être le mien, aucune légitimité à porter un jugement sur les meurtriers ou à faire preuve de compassion à l'encontre de la victime. Je me lève, jette des pièces sur la table et m'enfuis, folle, insensible à ce que le gamin pensera de moi, à ce que diraient mes filles si elles avaient connaissance de mon comportement. À ma mère qui ricanerait, *ça ne m'étonne pas d'elle*.

Je ne m'arrête que sous le porche d'une rue où le soleil n'a pas encore percé, me rencogne dans le repli du porche et pleure, par saccades hystériques, des sanglots comme je ne me souviens pas en avoir poussé depuis les chagrins de l'enfance.

Il y a des pas dans la rue, qui ne suffisent pas à me faire reprendre le contrôle de moi, qui s'immobilisent à quelques centimètres de moi. Une main sur mon épaule, et une autre qui me tend un paquet de kleenex. Je saisis les mouchoirs sans me retourner, la main sur mon épaule effectue une caresse circulaire, se détache de mon corps avant d'y revenir sous forme de petites tapes amicales, une, deux, trois, quatre, je les compte, puis les pas s'éloignent sans que je cherche à savoir s'il s'agissait d'un homme ou d'une femme, sans que nous n'ayons échangé un seul mot. Les articulations sont blanches autour de mes phalanges à force de serrer le paquet de mouchoirs. Le plastique de l'emballage bruisse contre ma paume. Mes sanglots ont cessé.

Ma main droite cherche à attraper un exemplaire du *Canard enchaîné*, en haut du présentoir ; de l'autre, je serre mon porte-monnaie et mon billet retour contre ma poitrine. Avec le coude, je maintiens mon sac à main entrouvert contre ma hanche. Pour atteindre le journal, j'ai lâché ma valise : tout à coup, elle se renverse au sol. La poignée amovible produit à l'impact une déflagration qui attire l'attention sur moi. Je m'agenouille, mes articulations craquent. Je redresse le bagage, l'appuie contre ma jambe, m'empare de l'hebdomadaire.

Quatre personnes patientent devant le kiosque, j'ai le temps de faire l'appoint, de ranger mon porte-monnaie dans mon sac. Les deux pièces de 1 € et 20 centimes tiennent entre le pouce et l'index, permettent une autonomie suffisante pour reprendre la valise. Un soulagement se précise, lié à la promesse du voyage, à la normalité retrouvée des dernières vingt-quatre heures, au plaisir promis par la lecture du *Canard*. Mes filles m'attendent à la maison. Jacques ne s'est pas vexé que je n'aie pas souhaité le revoir ; il a feint de croire au retour de la fièvre, a menti en prétendant qu'il serait ravi de m'accueillir à l'occasion de mon prochain voyage. Il y a vingt ans, quand je l'ai appelé pour lui annoncer que je le quittais, que je ne reviendrais pas à Montpellier, il a promis qu'il m'attendrait. Aurait-il fallu le croire ? Faut-il le croire aujourd'hui ? Admettre qu'ils ne seront plus nombreux, les hommes qui s'engageront de la sorte ? Les efforts liés à la résolution de ces interrogations m'effraient, je renonce, m'installe derrière ceux qui patientent pour régler leurs journaux, des paquets de chewing-gum, un magazine people.

Hier, j'ai passé l'après-midi seule à la plage. J'ai terminé le roman que j'avais commencé dans le train, savouré mes baignades. Le soir, j'ai dîné dans un restaurant libanais. Les regards de quelques hommes, au bord de la mer et dans la salle, se sont attardés sur moi. Après le repas, j'ai marché dans la ville. Ça n'avait rien à voir avec les errances diurnes auxquelles je m'étais livrée depuis l'agression. Il y avait la foule partout, l'été à son paroxysme, dont il fallait assouvir les promesses flamboyantes. Des bruissements et des fous rires, des regards d'inconnus qui termineraient la nuit ensemble, ou la fin des vacances. Je suis passée devant le café où nous avions nos habitudes, Jacques et moi, quand je l'avais rejoint pour la première fois à Montpellier en octobre 1986. Les lieux, au moins, je les reconnais.

Y est-il retourné après l'annonce de notre séparation ? S'y est-il saoulé, confié à un serveur ?

Ma balade avait quelque chose d'une commémoration, elle était légère, ramenait par bouffées des bribes de mon insouciance d'alors, de mon incapacité totale à m'imaginer un futur et la vieillesse, la peine que j'avais pu causer à Jacques. J'aurais pu déprimer à l'idée de ce retour aux lieux qui avaient symbolisé la fin et les meilleurs moments de notre relation, de n'être plus que spectatrice de ces scènes où s'improvisaient l'amour, les désirs, l'enthousiasme. J'accélérais, non pour fuir, mais pour me caler à la joie qui s'insinuait, me faisait sentir encore partie prenante des soirées méditerranéennes. Des hommes, il n'était pas possible de le nier, se retournaient sur moi. Cherchaient mon regard. Des hommes de mon âge qui pouvaient être accompagnés de leur femme et qui me trouvaient pour un instant plus désirable qu'elle, des types seuls ou en groupe qui m'envisageaient en connaisseurs, auxquels je n'aurais sans doute rien eu à dire mais dont l'intérêt me flattait, au-delà du raisonnable, au point que je me serais sentie capable d'en suivre dans sa chambre, ou à l'abri d'un porche, s'il me l'avait demandé. Des hommes qui auraient pu à leur tour me promettre de m'attendre, et le faire. La robe de plage et les claquettes me rajeunissaient ; elles me mettaient en décalage par rapport aux filles de vingt ans qui avaient surinvesti dans leurs tenues, leur maquillage, leurs allures négligées.

De retour à l'hôtel, j'ai dormi sans rêve ni cauchemar. La paume inconnue qui s'était posée sur mon épaule lorsque je pleurais sous le porche avait suffi à chasser les fantômes d'une agression qui n'en était pas une, à gommer mes délires autour de la mort d'une inconnue.

Avant de gagner le hall de la gare, j'ai déposé les clefs de la voiture sur le comptoir de l'agence de location.

– Elle n'a subi aucun dommage ?

J'ai répondu que non. Aucun dommage. Je n'ai pas dit non plus à quel point j'avais été soulagée de la retrouver sur le parking, le soir de l'agression.

La personne devant moi se déporte sur la gauche pour me laisser régler mes achats. Je souris au buraliste, lui tends mes deux pièces et l'exemplaire du *Canard Enchaîné*. Les vingt centimes m'échappent, rebondissent sur le présentoir à chewing-gum, disparaissent sous le meuble. Je m'accroupis avec précipitation, renverse à nouveau ma valise. Derrière moi, l'agacement des autres clients est perceptible ; ils ont comme moi un train à prendre, pas la patience pour supporter les maladresses de leurs semblables. Mes doigts balaient de la poussière avant de retrouver les vingt centimes, j'aurais dû prendre une autre pièce dans mon porte-monnaie, agir avec logique. Un dégoût me prend de mon comportement inapproprié, de la crasse que ma paume rencontre dans l'interstice entre le sol et le présentoir.

Je me relève. Redresse ma valise. Alors que je m'apprête à tendre la pièce retrouvée au vendeur, je découvre en face de moi le visage d'un homme en noir et blanc. Je le *reconnais*. Le titre ne m'apparaît qu'après.

– Madame ?

Le ton de la voix est courroucé, comme sur mon épaule la tape invasive de la personne qui attend derrière moi. Je suis incapable d'agir, de détacher mes yeux de la manchette du *Midi Libre*.

L'assassin a avoué.

Le type me pousse, tend au vendeur ses magazines.

– Je dois finir d'encaisser Madame.

– Ça fait une minute qu'elle est plantée là. Mon train part dans cinq minutes. Quand on n'est pas capable de…

– Vous voyez bien qu'elle n'a pas l'air dans son assiette.

Je me décale, en retrait de la file des acheteurs. Le vendeur me jette des regards soupçonneux. Dans une main, l'exemplaire du *Canard enchaîné* que je n'ai pas payé, dans l'autre deux pièces de monnaie. Je tremble chaque fois qu'un client se saisit du *Midi Libre*, promène le visage de l'assassin dans l'espace du Relais H, l'emporte avec lui dans un train pour Toulouse Matabiau, Lyon Part-Dieu, Marseille Saint-Charles. Je voudrais que l'image n'ait pas été imprimée, qu'elle ne puisse pas être promenée loin de moi, m'échapper une fois encore. Mes épaules se soulèvent d'une manière incontrôlée, ma respiration se fait trop bruyante.

– Ça va, Madame ?

Puisqu'on me parle, tout à coup, je sais répondre. Je réponds que oui, ça va. Que je dois payer le *Canard enchaîné*. Acheter, aussi, un exemplaire du *Midi Libre*. Des clients râlent, ils croient que je leur brûle la politesse. Le vendeur les discipline, j'étais là avant eux, j'ai eu un instant de faiblesse. Une absence, ajoute-t-il. Je le dévisage comme une mendiante sauvée de la pauvreté par un mécène inattendu. Une absence. Une simple *absence*. J'ouvre mon porte-monnaie et tends un billet de cinq euros, ne vérifie pas la somme qui m'est rendue. Mes doigts tremblent quand il faut saisir le *Midi Libre*, je me domine, dépasse mon moment d'*absence*.

– Merci.

J'articule les deux syllabes avec netteté, pour que le type comprenne que ma gratitude va au-delà des journaux qu'il m'a vendus.

– Bonne journée.

Je suis une femme polie, une adulte maîtresse d'elle-même qui sait se reprendre après une absence, s'intégrer au fonctionnement du monde. Une mère de famille en route pour rejoindre ses filles, abandonnées quelques jours pour se laisser l'espoir d'un recommencement amoureux. Ont-elles eu, d'ailleurs, la sensation d'un abandon ? Ou au contraire, ont-elles éprouvé un soulagement à l'idée d'une semaine de vacances sans leur génitrice, un allégement de leur quotidien ?

Je cache le *Midi Libre* sous le *Canard enchaîné*. Composte mon billet. Prends place sur l'escalator, ma valise installée sur la marche supérieure. Je m'enfonce vers les quais, le retour à Besançon… À quel moment trouverai-je le courage d'affronter l'article du *Midi Libre* ? Dans le train, ce ne sera pas possible. Mon wagon se trouve juste au pied de l'escalator, des passagers y montent, enlacent ceux qu'ils s'apprêtent à quitter, se sourient, parlent fort. Des bourrasques de vent s'engouffrent dans l'espace confiné des quais, font voler des cheveux, frissonner des peaux. La chaleur d'août semble s'être agrégée aux abords de la gare, aux plafonds vitrés de la plateforme commerciale où j'ai bu un café, acheté le *Canard enchaîné* et un exemplaire du *Midi Libre* comportant en page une le portrait d'un assassin, d'un type qui m'a traitée de *connasse* avant de passer son chemin et d'aller buter une femme plus jeune que moi. À qui j'ai montré les photos de mes filles.

D'un type que j'ai identifié au premier coup d'œil en première page d'un journal, alors que je peine à reconnaître mes filles sur leurs photos de classe.

Prosopagnosie ! On n'a jamais entendu parler de ça dans la famille, avait dit ma mère au médecin de famille. *C'est pour se rendre intéressante.*

Le bruit de l'escalator, soudain, devient insupportable. Je bascule dans le mouvement qu'il m'impose, les images qu'il projette autour de moi. Je cherche à m'agripper à la rampe, il me semble que je lâche une fois encore ma valise, que le bruit dépasse l'envisageable.

Une main d'homme, sur mon cou. Deux doigts qui s'enfoncent dans ma gorge. L'odeur enfle, mélange de déodorant et de transpiration masquée, de derme masculin, enfle en même temps que la panique et la résignation, l'envie de ne pas ouvrir les paupières, de renoncer à cet effort-là aussi. Des voix éloignées qui pourraient me venir en aide, qu'il faudrait solliciter, interpeller. Je sens ma poitrine qui se soulève, qui se soulève avec peine à proximité des mains de l'homme qui serre mon cou, des yeux de l'homme qui serre mon cou. Il arrivait à Jacques, quand nous faisions l'amour au printemps 1986, de prendre appui sur ce cou, d'y plaquer une paume dure au bout de son bras tendu ; son regard se faisait lointain, quelque chose dans la violence feinte qu'il m'imposait était accepté, toléré ; participait du plaisir que je prenais à nos emballements.

Le père de mes filles s'y était essayé, je ne l'avais pas supporté, m'étais dégagée de son étreinte avec des paroles de colère.

J'ouvre les yeux, sans l'avoir réellement voulu, peut-être d'avoir pensé à mon ancien mari. Un type se penche au-dessus de moi avec l'attitude caractéristique des médecins de série B, de ceux qui se trouvent toujours là pour prêter main-forte aux femmes qui s'évanouissent. Il me sourit, me demande si ça va aller. M'informe que mon pouls s'est stabilisé.

– Vous êtes sujette à l'hypoglycémie ?

– Vous êtes médecin ?

Je me croyais plus faible, j'ai forcé sur ma voix. La question a pris une tonalité agressive qui n'était pas nécessaire, le type se braque, justifie son intervention.

– Vous êtes tombée d'un coup, au sortir de l'escalator. Je descendais derrière vous, je n'ai pas pu vous retenir. Je vous ai relevée. Avec l'aide du personnel de la gare, on vous a portée ici. J'ai un diplôme de secouriste, je…

Sa voix ne correspond pas à sa manière de se comporter. Il y a les pulsations de mon pouls contre son pouce et son index, où les graves trémulent, complètent ses mots, leur confèrent une étrangeté qui m'oppresse. Je regarde autour de moi. Une vitre sale ouvre sur une voie déserte, quatre inconnus me dévisagent avec attention. Le type retire ses doigts de mon cou. Je tourne la tête, l'autre voie est également déserte.

– Le train ?

– Si vous deviez prendre celui pour Lyon, il est parti il y a quelques minutes. Nous… nous nous sommes concertés, nous avons convenu qu'il n'aurait pas été raisonnable de vous installer à bord, dans votre état.

À ma droite, près du banc, ma valise. Une appréhension. À ma gauche, le *Canard enchaîné*. Je le déplie, dévoile la photo du meneur qui se terrait à l'intérieur.

– Je pense que vous pourrez vous faire rembourser, ou tout du moins demander un billet à prix réduit pour le prochain départ, si vous vous en sentez la force.

– Vous avez entendu parler de ce type qui a tué une femme ?

Je déplie le journal pour interposer la photo du meneur entre nous. Je me sens sombrer dans la démence, n'ai aucune idée de pourquoi j'accomplis ces gestes, ni pourquoi je prononce ces mots.

Les personnes qui nous entouraient se sont dispersées, pour ne pas avoir à regretter d'avoir aidé une folle, ne pas se trouver embarquées dans une situation qui se complique. Celui qui a pris mon pouls n'ose pas les suivre, il prend le journal pour se donner une contenance, fixe la première page. Ses yeux se posent sur la photo du meneur, y voient ce que permet la mauvaise qualité du papier. J'essaie de percer ses pensées, de retrouver dans son regard quelque chose de ce qu'il y a eu dans le mien, quand j'ai découvert le meneur à l'intersection de la rue qui m'éloignait de chez Jacques. J'aimerais lui décrire les odeurs de cette nuit-là, les effluves de menthe, l'intonation exacte du *connasse* qu'il m'a lancé.

– Vaguement. Aux infos. Un collègue en a parlé au bureau, hier. Vous connaissiez la fille ?

Je me redresse, réajuste l'échancrure de mon chemisier.

– Vous travaillez dans quoi ?

Il paraît surpris, de la même surprise que le meneur quand je lui ai parlé de mes filles. Est-ce que je pourrais pousser la situation à mon avantage, le contraindre à me suivre dans un recoin de la gare, à m'embrasser et à remettre ses mains autour de mon cou ? À réaffoler mon rythme cardiaque ? Il y a une contraction de mon bas-ventre qui me fait honte, comme chaque fois, une manifestation incontrôlable d'animalité, un élancement de lubricité. Ce serait la petite victoire de mon séjour à Montpellier si j'ajoutais ce type à la liste de mes amants, si je m'offrais un souvenir de baise en gare, un acte gratuit comme je n'en ai jamais pratiqué. Un pas hors des convenances, de mes normes. *Elle est portée sur la chose*, avait dit ma mère à mon père un soir que je rentrais de boîte de nuit, suffisamment fort pour que je l'entende.

L'inconnu me répond. Il décrit en quelques mots son quotidien d'agent commercial en assurances. Le désir passe. Il faut que je m'organise pour changer mon billet, prévenir mes filles de mon retard. Je prends congé du type qui a posé sa paume contre mon cou, sans lui laisser le temps de terminer sa présentation. Je le remercie, récupère mon journal. Ma main s'est plaquée sur la photo du meneur, ça m'envoie dans le corps une secousse de dégoût, une décharge qui me fait chanceler.

– Vous êtes certaine que ça va aller ?

Il rêve que je le rassure, que je quitte l'espace de la salle d'attente vitrée, que je le libère de ma présence inquiétante. Il doit maudire les codes d'honneur masculins auxquels il obéit, la femme qui tombe, le mâle qui se porte à son secours. Quel âge a-t-il ? Je l'ai jugé spontanément plus vieux que moi, parce que j'étais la victime. Se pourrait-il qu'il soit plus jeune ?

– Vous avez quel âge ?

– Trente-deux.

Mes doigts se contractent sur la poignée de la valise, sur le visage pixellisé du meneur. Je me vois lancer une gifle au type, chaque fraction du geste que je n'accomplis pas existe dans mon cerveau, s'y loge avec l'évidence de la folie qui me guette. Je scrute l'agent commercial pour déceler sur sa peau les preuves de sa jeunesse si supérieure à la mienne, ce qui l'autorise à énoncer un âge si éloigné de ce que j'avais supposé.

– Et moi, vous me donnez quel âge ?

Sa stupéfaction crée l'électrochoc qui me rend ma dignité. Je tourne les talons, m'enfuis en tirant derrière moi la valise dont les roues raclent le sol, tressautent sur ses dénivellations. Je cours jusqu'à l'escalator, sans me retourner. Je n'ai pas lâché mes journaux.

Les deux vantaux de la porte en verre se sont disjoints devant moi, avec un bruit de succion, puis se sont écartés. Le hall de l'hôtel bée, tapis rouge au sol dont je n'avais pas remarqué qu'il était si élimé ; fauteuils vides ; au fond la borne d'accueil et le réceptionniste qui hausse un sourcil.

Une passante sur le trottoir me heurte, j'avance un pied vers l'entrée pour ne pas perdre l'équilibre, je poursuis le mouvement comme s'il m'avait fallu cet élan pour me décider, comme si j'avais besoin d'une impulsion.

– La chambre que j'occupais est-elle encore disponible ?

– Votre nom ?

Sa question me blesse, deux mots pour me signifier qu'il ne m'a pas reconnue, que je n'ai sur ces lieux aucun droit. Les événements de la semaine ne m'en ont pas conféré sur cet hôtel, ni sur le personnel.

– Oui, la chambre est encore disponible. Combien de nuits ?

Ses traits ne me reviennent pas, je ne parviens pas à me souvenir si c'est lui qui m'a vue sortir la nuit précédente, avant l'aube, juste avant le passage des poubelles. Je ne sais pas répondre à sa question. Je n'ai pas envisagé de prolonger réellement mon séjour. Dans l'attente du prochain train, dont j'ai le billet en poche, j'ai remonté l'avenue qui va de la gare jusqu'à la place de la Comédie, en traînant ma valise, bifurqué vers le chemin familier de mon hôtel. Le détecteur m'a repérée, la porte s'est ouverte, j'ai été bousculée… Il y a sur le rebord du comptoir une sonnette où je rêve de lancer ma paume, pour produire dans le silence du hall une détonation, quelque chose d'autre que ce qui nous attend.

– Elle est libre jusqu'à quand ?

– Jusqu'à samedi prochain.

Je m'entends réserver la chambre pour huit jours supplémentaires. Le réceptionniste me propose de m'aider à monter mes bagages, je refuse. L'ascenseur m'est familier, ses parois de velours rouge sale me procurent un emballement semblable à celui que j'éprouvais, enfant, quand je montais dans l'appartement de ma grand-mère, à Paris, pour les vacances de novembre. Il y avait la promesse de balades le long de la Seine, de pâtisseries dans des salons de thé où l'on me donnait du *Mademoiselle*. L'odeur d'ambre dans les pièces, les fenêtres de la pièce que j'occupais qui donnaient sur l'avenue Mozart. L'agitation perpétuelle de l'artère, si différente de l'impasse où je vivais le reste du temps à Besançon. La douceur de mon aïeule en contrepoint des duretés de ma mère. J'approchais une chaise des vitres, m'installais les genoux contre le radiateur en fonte. L'air de novembre me giclait au visage, pendant que mes jambes s'enkystaient de chaleur.

J'appuie sur le bouton d'arrêt d'urgence pour prolonger ces réminiscences. L'ascenseur s'immobilise. Je ferme les yeux : pour quelques secondes encore je suis chez ma grand-mère, je la vois ouvrir la porte du four et en retirer des sablés qu'elle nappera de chocolat.

Des coups aux échos métalliques contrarient ma nostalgie, puis la voix du réceptionniste. *N'ayez pas peur, Madame, il s'immobilise souvent en ce moment, mais ce n'est pas grave. Appuyez sur la touche verte, il devrait redémarrer.*

Je pose le doigt sur la touche verte, attends quelques secondes entre deux directives hurlées par le réceptionniste, appuie. *Vous voyez, ce n'était pas grave. Vous êtes bien arrivée ?*

Dans la chambre, la sensation de familiarité ressurgit, augmentée par la certitude de ne pas être dérangée. Je m'enferme, me laisse tomber sur le lit que les femmes de chambre ont nettoyé, aseptisé, vidé de mon souvenir. Pourtant il ne fait pas de doute que j'ai dormi sur ce matelas, fixé le plafond et les immeubles voisins, veillé en songeant au visage du meneur, à sa voix, à ses menaces, à l'odeur de menthe dans son haleine. À l'immobilité des trois autres, derrière lui. Sont-ils restés pareillement immobiles pendant qu'il butait la fille ? Ces mots ne signifient rien, ne renvoient à aucun drame. Je caresse le tissu blanc de la couette, j'ai un sourire, un sourire sans raison qui se décline en fou rire à l'idée du deuxième TGV qui partira sans moi pour Besançon, dans moins d'une demi-heure ; de la tête de mes filles quand je les préviendrai que je prolonge mon séjour, des motifs qu'elles supposeront à ce changement de programme. Puis je pense à Jacques, je cesse de rire : je pourrais le croiser dans Montpellier, avoir à me justifier d'être restée pour un motif autre que nos retrouvailles.

Rester huit jours enfermée dans la chambre 407 ? Me faire servir des plateaux-repas par le réceptionniste, lui laisser à chaque fois des pourboires déraisonnables ? Le scénario me séduit, ramène un nouveau fou rire, depuis combien de temps n'avais-je pas ri à l'idée d'une folie, à la perspective d'une tranche de temps absolument délivrée de toute contrainte ?

J'approche la main, pour essuyer une larme que le rire a fait couler de mes yeux. Le geste du bras se réverbère dans le miroir de la salle de bain, incomplet. Je m'entends rire, je m'entends cesser de rire puisqu'au moment où je prends conscience des sons que j'émets, je les interromps, stupéfaite, coupée de moi-même. Je me lève, il est impératif que je me voie, que je m'ausculte. Je veux savoir si je suis capable de me reconnaître comme j'ai reconnu le meneur.

Dans la glace, le visage dur d'une femme au mitan de sa vie. Rien à voir avec la personne que je me représente comme étant moi, figée dans un âge indéfini entre vingt et trente ans. C'est cette enveloppe qui a pris la pause sur le balcon de Jacques en sirotant un verre de *limoncello*, qui a déambulé dans les rues, la nuit, en se pensant irrésistible. Qui a cru que quatre adolescents seraient attirés par elle. Qui s'est laissé oindre d'huile solaire sur la plage comme si son corps avait conservé la tonicité d'autrefois.

Dans le miroir de la salle de bain, la peau est terne, presque grise malgré le soleil reçu. Il est facile d'imaginer, dans trente ans, un visage plus marqué encore et qui m'effraiera tout autant, que je ne tiendrai pas pour mien. Je touche mes joues, leur contact me fait horreur. Je ne suis pas démente, si je l'avais été j'aurais lancé le verre à dents contre la glace.

Je ne peux plus retourner m'allonger, plus affronter le regard du réceptionniste. Le rire de tout à l'heure, l'impression de familiarité dégagée par la chambre, tout s'est désagrégé. Je tends la main pour commander une bouteille de Perrier, me ravise. Je ne veux pas parler. Ça non plus je ne m'en sens pas capable.

Je reste assise, jambes croisées et mains aux genoux, sur le rebord du lit. J'égrène machinalement des suites de chiffres au rythme de mes pulsations cardiaques, je perds le compte, recommence. Dans la rue en contrebas de ma chambre, des klaxons retentissent, d'abord isolés, de plus en plus insistants. Je m'approche de la fenêtre. Une camionnette de livraison bloque le passage, trois voitures sont coincées derrière elle. Ce sont elles qui klaxonnent, ou l'une d'entre elles seulement. J'aimerais que la situation se résolve, qu'elle ne débouche pas sur un conflit. Je suis saisie d'une empathie croisée, pour la gêne du livreur et la colère des conducteurs. Des passants se retournent sur la scène, haussent les épaules, échangent des paroles solidaires avec ceux qui attendent.

Il faut presque dix minutes au livreur pour apparaître, lancer des gestes aux autres pour s'excuser, se justifier de devoir travailler. Il n'y peut rien, voilà. Un des types entrouvre sa portière, gueule des insultes. L'autre ne se démonte pas, sourit, reconnaît ses torts, se presse de faire démarrer son véhicule, de libérer la route. Personne ne s'est battu.

Ça ne dure pas, mais pendant un temps je le regrette. J'aurais été aux premières loges. J'aurais soutenu le livreur. Comme moi il y a trois jours, il a désamorcé une situation dangereuse sans même s'en rendre compte. Je cherche à entrevoir le visage du type qui est sorti de sa voiture, me le représente en première page du *Midi Libre* avec une manchette implacable : *Il tue un homme pour un conflit de circulation.*

C'est peut-être l'ivresse qui souligne l'impudeur de mes gestes. Je m'étais déjà assise sur les toilettes de Jacques, il y a quatre jours, je n'avais pas prêté attention à la situation, juste cherché à être rapide pour rejoindre mon hôte au plus vite.

La manière dont ma jupe et ma culotte tombent à mes pieds me paraît lourde d'obscénité. Les vêtements clairs forment une tache détonnant sur le bleu trop vif du carrelage. L'air est empoissé d'un parfum d'ambiance que diffusent six bâtonnets en bois fichés dans un pot en verre cubique, au fond duquel le liquide forme une vase jaunâtre. J'écarte les jambes. La chair de mes cuisses s'écrase sur l'abattant habitué à recevoir celles de Jacques. Un reflux de dégoût monte à l'idée de la superposition de nos corps en cet endroit, de nos orifices pareillement dilatés pour nous soulager, de nos organes génitaux qui vingt ans plus tôt se sont imbriqués dans des mouvements qui nous semblaient indispensables, évidents, gracieux.

Je défèque. Ça ne m'arrive pratiquement jamais en dehors de chez moi. Je me soumets à une envie plus intellectuelle que physiologique, une volonté d'exacerber mes répulsions. L'anus s'entrouvre, à l'endroit même où quelques heures plus tôt celui de mon hôte s'est entrouvert, mon hôte qui me convoite, qui se berce derrière le mur de l'illusion de caresser mes fesses, mon entrejambe, de faire glisser à terre la culotte dont mes chevilles étirent l'élastique jusqu'au point de rupture.

Je me mets à transpirer. Je voudrais n'avoir jamais appelé Jacques, ne pas lui avoir avoué que j'avais prolongé mon séjour à Montpellier. Au milieu de l'après-midi, dans la chambre d'hôtel, je n'ai plus supporté de ne rien faire, d'être vide avec l'idée de l'assassin autour de moi, qui n'attendait qu'un vide plus grand pour m'engloutir, m'emmener vers des démences impossibles à dompter.

Jacques m'a proposé de dîner. Il n'avait rien prévu mais passerait au Carrefour Market en sortant du travail, si je pouvais apporter un dessert… Du vin, il en avait. Et du *limoncello*. Dès qu'il a commencé à parler du menu, j'ai su que je m'étais trompée, qu'il n'y aurait eu qu'une chose à faire, partir pour la gare et prendre le premier train pour Besançon, quels qu'en aient été le prix et la durée du trajet. J'ai dit oui, pourtant, j'apporterai le dessert, je serai heureuse de reprendre un verre de *limoncello* aux citrons AOC. D'autres femmes avant moi se sont-elles soulagées sur ces toilettes ? D'autres femmes qu'ensuite Jacques a pénétrées, léchées, caressées ? Je m'éponge le front, je n'avais pas ces pensées délirantes avant l'agression dont je n'ai pas été victime. Le rebord de la cuvette irrite l'arrière de mes cuisses, s'y imprime en marques rouges qui mettront plusieurs minutes à s'estomper, pendant que je reprendrai ma place l'air de rien à la table du salon, l'air d'une femme qui ne vient pas de chier et termine son repas en maniant ses couverts avec élégance, comme le lui a appris sa grand-mère parisienne dans les salons de thé du 16e. Fourchette et couteau parallèles sur l'assiette, pour signifier la satiété, la possibilité de passer au dessert, au digestif, puis aux choses sérieuses, aux choses après lesquelles Jacques court depuis quatre jours ; il est temps qu'il touche au but, qu'il obtienne satisfaction, qu'il n'ait pas préparé deux repas et enduit ma peau de crème solaire en vain. Je me torche, fixe les traces de mes excréments sur le papier ; je n'ai plus l'âge de l'amour, plus l'insouciance pour le faire. Il faudrait se doucher, expédier la chose sans l'obligation de s'embrasser, de se regarder, ne viser rien d'autre que deux décharges d'hormones distinctes, cliniques, dégagées de tout affect.

Ça ne sera pas ainsi. Il faudra s'approcher de la bouche de Jacques, cette bouche qui s'était accolée à la mienne, vingt ans plus tôt, qui a prononcé pour ce soir une invitation à partager un repas, en dépit de mes impolitesses répétées, de mes évitements : la bouche de Jacques qui a renouvelé la promesse énoncée quand je l'avais quitté, à laquelle je n'avais pas cru. Il faudra laisser la main de Jacques caresser ma main, la serrer, feindre d'en retirer une émotion. Clore les yeux, les rouvrir sans exprimer ce qui s'est joué à l'abri de mes paupières.

La musique choisie par Jacques juste avant le dessert s'infiltre sous la porte, comme si elle me traquait jusque-là, comme si l'enchaînement dissonant des accords me rappelait l'obligation de retourner au salon, de passer à l'acte, d'accomplir ce pourquoi je suis venue ici. Le rythme même de l'œuvre ne m'est pas familier, ne se laisse pas saisir, me crispe. Quel besoin a-t-il eu de justifier ce choix d'un compositeur inconnu, Rabinovitch, de m'entretenir un quart d'heure sur son goût nouveau pour la musique contemporaine ? Le décor de son appartement suffit à justifier de l'homme nouveau qu'il est devenu, de la possibilité qui s'offre à nous de recommencer notre histoire sur des bases différentes. Les tubes de notre époque n'auraient pas mieux convenu ; aucune musique ne pourrait me consoler de l'exaspération d'être là.

Je plie le papier afin que ne subsiste plus dans ma main qu'un rectangle aux deux faces immaculées, même si par transparence on devine les traces que j'y ai fixées. Je le jette dans la cuvette, tire la chasse, remonte la culotte, la jupe. Tout à l'heure, elles glisseront au pied du lit de Jacques, et nous referons l'amour, vingt ans après la dernière fois. Ça ne servira à rien.

Je l'entends entrouvrir la porte et avancer vers le milieu de la chambre. Il veut me souhaiter une bonne journée, ou juste récupérer sur son bureau quelque chose qu'il aurait oublié, portefeuille, clefs de voiture, lunettes de soleil. Le plancher ne craque plus ; j'essaie de maintenir ma respiration à un rythme qui imite le sommeil, finalement Jacques s'éloigne. Je n'ouvre pas les yeux, j'attends que la porte d'entrée ait claqué. En me concentrant je parviens à percevoir le bruit de l'ascenseur qui l'emporte vers le garage.

Je me lève. Je me déplace nue dans l'appartement de Jacques, j'ai soif. Je cherche dans la cuisine de quoi me préparer un thé. J'ouvre un des placards accrochés au mur : si je vivais ici, c'est là que je placerais les infusions. Elles y sont, plusieurs sortes de feuilles en vrac dans les boîtes noires transparentes, d'autres en sachets hermétiques avec la mention bio sur l'emballage. Je choisis un Oolong, n'ai aucune peine à dénicher la théière, le passe-thé, une cuiller. J'inspecte le frigidaire, pour avoir confirmation de la connivence de nos goûts, de nos systèmes de rangement. Depuis combien d'années ne me suis-je pas trouvée dans un appartement inconnu, et malgré cela familier à un point qui en devient inquiétant : même géographie standardisée de l'espace, marques identiques, ustensiles rangés aux endroits évidents. Couleurs contemporaines de la crédence pareilles à celles de ma cuisine.

Il y a la culpabilité, tout à coup, de n'être pas dans ma chambre d'hôtel. De l'avoir payée pour rien. L'idée d'une perte qui irait au-delà des quatre-vingt-quinze euros investis en vain.

La vapeur fait siffler la bouilloire. Je m'attarde devant la fenêtre en attendant que l'eau atteigne la bonne température ; de l'immeuble d'en face on peut m'apercevoir. Je pose une main sur le plan de travail, allonge un pied vers l'arrière pour donner à mon corps la posture attendue, éveiller des regrets chez les hommes qui ne m'hébergent pas chez eux. Je souris aux souvenirs de nos gestes de la nuit, du naturel avec lequel les retrouvailles des corps se sont passées. Grâce au vin, aux digestifs, j'ai oublié mes fantasmes d'hygiène, me suis laissée aller quand Jacques m'a embrassée sur le canapé, emportée dans sa chambre. Je souffle dans mes mains, mon haleine n'a rien d'angoissant. J'y retrouve l'odeur de mon partenaire, ça m'envoie dans le dos un frisson, l'idée d'une transgression.

Je suis heureuse qu'il soit parti. Je ne l'aurais pas supporté dans l'appartement. Ou peut-être que si ? On aurait fait l'amour à mon réveil, il m'aurait préparé le petit déjeuner en devinant mes goûts. Il m'aurait surprise par un thé qui n'était pas celui auquel j'aurais pensé, qui aurait mieux convenu à cette matinée de retrouvailles.

Le voyant de la bouilloire s'éteint avec un clac, je verse l'eau dans la théière. Je m'aperçois dans le reflet du four, l'image ne me satisfait pas, ne correspond pas à celle que j'ai rêvé d'envoyer aux voyeurs potentiels de l'immeuble d'en face. Le ventre, surtout, n'a plus la tonicité que je me figurais, les hanches sont plus lourdes qu'il ne le faudrait. Je bats en retraite dans la chambre, enfile la jupe que Jacques a dégrafée cette nuit, sans culotte, lisse le repli de peau sous la ceinture. Devant la glace, je contracte mes abdominaux, ça ne suffit pas à imiter la silhouette des modèles auxquels je voudrais ressembler, les actrices de mon âge qui sont mères elles aussi, qui n'ont pas de hanches et posent glorieusement en maillot de bain devant l'objectif des paparazzis. J'inspire, remarque une dissymétrie sur mon ventre, la partie à droite du nombril plus gonflée. Un kyste ? Un défaut de digestion ? Je me palpe, j'en parlerai à mon médecin.

Je me sers un nouveau thé. Quand j'ai fini de rincer ma tasse, le gargouillis au fond de l'évier ramène une lecture d'adolescence conseillée par ma mère, un texte de psychanalyse qui mettait en scène un enfant traumatisé par le trou des toilettes, dans un train, l'appel du vide et le bruit démesuré. Est-ce à cause de ce souvenir qu'hier j'ai eu ces pensées dans les W.-C. de Jacques ? J'ai envie d'entendre la voix de ma mère, ça ne m'arrive jamais, d'ordinaire j'anticipe les déceptions qu'elle me causera. Je compose son numéro. Quatre sonneries, le temps de regretter mon geste.

– Allô ?

– C'est moi.

Elle ne dit rien pendant plusieurs secondes. Je me sens prise en défaut, l'appareil silencieux collé à l'oreille, nue sous ma jupe froissée.

– Tu vas bien ? Les filles m'ont dit que tu prolongeais ton séjour à la mer. C'est bien, tu profites.

Mes doigts sont crispés sur le combiné, rien n'a changé depuis qu'elle me cinglait de ses présages sur l'avenir de ma relation avec Jacques. Sur ma lubricité.

– Tu m'appelais pour prendre de mes nouvelles ? C'est gentil à toi, je rentre justement de chez le médecin.

– Je t'appelais pour une question… C'est idiot… Tu ne t'en souviens sans doute plus, tu m'avais prêté un livre de psychanalyse, quand j'avais dix-huit, dix-neuf ans. Ça parlait d'un enfant effrayé par le trou des toilettes, dans un train…

– C'est pour ça que tu n'es pas rentrée ? Tu as eu peur des toilettes du train ?

J'avais oublié la force destructrice de son rire. Elle cite le titre, l'auteur, elle n'a aucun effort à produire pour les retrouver, sa mémoire est sans faille ; *moi, je n'oublie jamais un visage quand je l'ai vu une fois*. Je n'aurais pas dû la défier sur ce terrain-là, lui offrir la possibilité d'un triomphe si rapide. Elle s'est tue. *C'est parce que je m'intéresse aux gens. Toi, on ne sait jamais ce que tu penses.*

Je détaille une sculpture contemporaine que Jacques a mise en évidence sur l'étagère principale de son salon, me demande ce qui dans l'œuvre lui a plu, pourquoi il l'a achetée. Une spirale en verre rouge, sur un socle de pierre noire et grumeleuse. Une métaphore du feu ? Je suis de l'index la cambrure de la flamme.

– Bon, tu as eu l'information que tu voulais ? Je suppose que notre conversation se termine ici. Bonne fin de séjour, ma fille.

Elle raccroche, sans que j'aie eu le temps de réagir. De l'interroger sur le pourquoi de sa visite chez le médecin. À quoi pense-t-elle en cet instant ? Est-il possible qu'elle regrette le gâchis de notre relation ? Plus probablement, elle s'est précipitée sur le numéro de mes filles pour les entretenir de mon égoïsme, de mon immaturité, de son propre désespoir. *Tu pourrais faire un effort*, me dira ma cadette.

Quand même, tu aurais pu lui demander ce qu'a dit le médecin, complétera l'aînée.

Prise d'un doute, je me rends dans la chambre de Jacques : sur sa table de chevet, la lampe est de la même facture que la statue du salon, matériaux identiques, inspiration similaire. Il faudra que je lui demande où il les a achetées.

Mes yeux fixent la tasse jusqu'à la faire devenir floue. La musique de Rabinovitch, que j'ai relancée sans y réfléchir, ajoute à l'irréalité du petit déjeuner. Sur le verre dépoli de la table, des miettes de toasts et une traînée de confiture forment des lignes de fuite, diffractent la masse sombre du parquet. Un rectangle de soleil s'étire de la tasse au pourtour de la table. C'est agréable, pour une journée, d'avoir la jouissance d'un appartement inconnu, de pouvoir m'y déplacer, ouvrir les tiroirs, profiter de la terrasse qui ouvre sur l'ouest de la ville. Une énergie monte, liée aux plaisirs de la nuit, à l'ivresse qui les a rendus possibles, aux huit heures de solitude qui béent avant le retour de Jacques, la perspective de recommencer les repas, le vin et le plaisir des corps.

Je fais coulisser la porte-fenêtre, appuie les paumes et le ventre contre la rambarde du balcon. Il doit être neuf heures, le soleil faible du matin s'attaque avec obstination à mon front, la partie de mes avant-bras que ne protège pas le peignoir en soie de Jacques. La ville est belle, au loin je distingue les reliefs du pic Saint-Loup, j'en devine les odeurs, semblables à celles qui peuplaient le rêve où je me promenais avec Henri Delavelle.

Comme une compression du cerveau, le souvenir du meneur : l'idée qu'il respire dans une cellule quelque part dans l'agrégat de bâtiments qui se dévoilent à moi, que je domine du regard, me coupe le souffle. Si je n'avais pas bu, hier, se serait-il interposé entre la peau de Jacques et la mienne ? Se serait-il imposé en amont de l'orgasme, pour m'en tenir éloignée, me rappeler à sa toute-puissance ? Ses traits impossibles à oublier ? J'ai un mouvement de colère, une claque absurde de la main sur l'ornementation de la rambarde.

Je tends mon visage au soleil qui s'est durci, je refuse qu'un assassin pollue mes journées. Je m'assure qu'il n'y a personne sur le parking, personne sur les balcons alentour, pas de fenêtres voisines ouvertes ; je prononce à voix haute :

– Je refuse de me soumettre.

Une mouette fait irruption dans mon champ de vision. Elle passe si près du balcon que je distingue le battement de ses ailes, l'effort invraisemblable qu'elle doit produire pour se déplacer. Brusquement, elle cesse de s'acharner, s'offre des courbes planantes au-dessus du parking, avant de reprendre ses battements et de disparaître en direction du nord.

Les mots que j'ai prononcés sonnent faux. Pourtant la phrase vibre encore dans l'air diffracté par la chaleur. Une énergie monte en moi, une colère, un refus de subir le souvenir du meneur à tout moment, de m'offrir à ses assauts sans y être préparée, sans pouvoir me défendre d'une traînée d'angoisse dans le ventre, d'un sentiment de gâchis porté sur toute ma vie.

J'ai besoin d'appeler mes filles, de me rassurer de leurs voix d'adolescentes, de me prouver que je n'ai pas tout raté puisqu'elles sont miennes, joignables à volonté. Je compose le numéro, personne ne répond. Maintenant, il faut dompter cette angoisse-là, les supposer en danger, aux prises avec des inconnus qui les auraient insultées dans la nuit, molestées.

Je referme la porte-fenêtre du balcon, tire les rideaux semblables à ceux des magazines dédiés à l'art de vivre. Le canapé n'est pas confortable, malgré la qualité impeccable du cuir, entretenu par Jacques avec le soin maniaque d'un célibataire. Il m'a vanté hier le produit dont il l'enduit chaque mois pour lui conserver sa souplesse. Je me suis souvenue du désordre de l'appartement que nous avions partagé quatre mois à Besançon, avant qu'il ne déménage à Montpellier pour sa spécialisation : vingt ans suffisent-ils à expliquer la transformation d'un adolescent négligé en cet adulte méticuleux, qui jusque dans les gestes du sexe conserve une retenue distante, un désir de contrôle ? La manière dont nous faisions l'amour au siècle dernier m'échappe, je n'ai rien retrouvé de nous cette nuit, pas même l'odeur de sa peau, le rythme de ses baisers. Encore moins les expressions de son visage. À quelques détails, en dépit de l'alcool, j'ai reconnu les signes de la vieillesse, des plissements rouges qui marquaient la chair du cou, un empâtement du ventre, l'alopécie aux chevilles. Une aigreur, dans l'haleine, la persistance du café qui n'avait rien des relents de nos adolescences.

Mon dos transpire sur le canapé en cuir, je me lève pour ne pas laisser de traces. Il aurait mieux valu ne jamais revenir à Montpellier, quitter la ville hier quand j'étais à la gare. Ce matin, Jacques n'est revenu dans la chambre que pour me contempler dans son lit, considérer son trophée.

Pourquoi lui en vouloir ? Moi aussi, je l'aurais regardé dormir avec attendrissement, si la situation avait été inversée. J'aurais éprouvé de la tendresse pour notre couple reconstitué après vingt ans, avant de partir au travail et d'espérer le retrouver le soir, partager une bouteille et un repas raffiné, des embrasements de couette.

Je n'ai pas envie de revoir Jacques. Une énergie me pousse à me lever, à marcher jusqu'à la porte-fenêtre, vers le trop-plein de soleil. Je me laisse envahir par la satisfaction de la blessure que je lui infligerai si je disparais dans la journée. Sa déception quand il découvrira l'appartement vide, l'élégance inutile des meubles et des tableaux, la splendeur vaine du canapé, le luxe inopérant des produits entassés dans les placards de sa cuisine ; quand il se rendra compte que je ne réponds pas à ses messages ; qu'on ne recommencera rien.

Je tourne le dos à la fenêtre, m'approche d'un tableau qui représente un moine dans une posture caravagesque jusqu'à ce que les craquelures de la peinture me rendent l'image illisible. Je passe l'index le long de la courbe du visage ; en présence de Jacques, je n'aurais pas osé toucher l'œuvre. Je pourrais crever la toile d'un coup de couteau ; il chercherait dans mon geste une explication, il n'en trouverait pas.

Mon portable vibre. J'y découvre deux messages en absence. Le premier de mon aînée, le second de Jacques. Celui de Zoé m'informe qu'elle et sa sœur n'ont pris connaissance de mon appel qu'à leur réveil, chez une amie. Elles me souhaitent une belle journée au bord de la mer. Jacques aussi me souhaite une belle journée ; il m'a trouvée splendide dans mon sommeil matinal.

Je repose le téléphone sur la table en verre. Ils me souhaitent, mes filles et mon amant, une belle journée. Ils m'imaginent alanguie sur une serviette au bord de la Méditerranée ; peut-être dans leur inconscient y a-t-il l'idée qu'à mon âge je dois me ménager, profiter des plaisirs que la vie m'offre encore ? Des reproches non formulés sur ma situation de mère en vacances sans ses enfants, de femme inactive pendant que l'homme travaille ? Je ne supporte plus l'enfermement dans l'appartement, la virulence du soleil contre les fenêtres, le regard trouble du moine. J'enfile le reste des vêtements abandonnés à gauche du lit, la culotte que Jacques m'a retirée hier, le tee-shirt qu'il aurait fallu laver après une journée de forte chaleur. Mes chaussures à talons bas. Je glisse le téléphone dans mon sac, je n'ai rien emporté d'autre.

Dans le miroir de l'ascenseur, je détourne mon regard du visage échevelé qui me fait face. Je ne me suis pas maquillée, pas lavé les dents. Je suis partie en claquant la porte, sans me laisser la possibilité de revenir dans l'appartement, d'offrir à Jacques le tableau d'une femme qui l'a fait fantasmer toute la journée l'attendant à son retour du travail. Je n'ai pas éteint le lecteur de CD : pendant une heure la musique ésotérique de Rabinovitch se déploiera dans l'appartement vide, fera écho en vain aux reflets du soleil sur la table du salon, au lustre du canapé.

VILLENEUVE-LÈS-MAGUELONE
6 AU 10 AOÛT 2010

Je monte dans le tram 4, me laisse conduire jusqu'à la station Garcia Lorca, aux marges de la ville. Je traverse un rond-point pour atteindre le repère devant lequel s'arrête le bus 32, qui relie toutes les vingt minutes Montpellier à la maison d'arrêt de Villeneuve-lès-Maguelone.

Les motifs quadrillés des sièges, les barres métalliques et les montants verticaux qui séparent les vitres se font écho les uns aux autres, compriment l'espace. Dehors, écrasé sous le soleil : le rond-point ceint d'immeubles récents, de banques, de chaînes de restauration. Je crispe le poing, me concentre sur ma respiration.

Le bus emprunte la route qui conduit aux plages. Contre toute attente, je m'assoupis. Je n'ouvre les yeux qu'à l'entrée de Villeneuve-lès-Maguelone.

Je reconnais le camping où j'ai passé une semaine avec mes filles à la fin des années 1990. Je ne retrouve aucun souvenir de la manière dont, jeune mère dans un mobil-home étouffant, j'envisageais l'avenir. Qu'aurais-je pensé si j'avais pu m'entrevoir, dix ans plus tard, passagère de la ligne 32, en route pour rendre visite à un meurtrier ?

Le bus quitte le centre de la ville, zigzague dans des rues identiques où aucune maison ne dépasse deux étages. Les jardins sont enclos derrière des barrières ou des haies qui masquent le rez-de-chaussée des habitations. À quelques fenêtres ouvertes pendent des linges de maison, des dessous ; l'air manque. L'uniformité des constructions répond à l'alignement des voitures sur les trottoirs : certaines empiètent sur la chaussée et gênent notre conducteur ; il soupire, gesticule. À chaque trajet, plusieurs fois par jour, il doit produire les mêmes soupirs, les mêmes gesticulations. Des imperfections du bitume et des ralentisseurs font vibrer la carlingue du véhicule. Une silhouette devant moi trébuche, se raccroche de justesse au dossier d'un siège. L'itinéraire emprunté ne répond à une aucune logique, les abribus aux noms de fleurs n'accueillent personne, aucun passager ne demande à y marquer l'arrêt. Aux ronds-points, les panneaux indiquent des directions qui paraissent irréelles dans l'amoncellement infini des constructions similaires, *Centre socio-culturel, Maison des associations, Théâtre, Complexe sportif pluridisciplinaire*. Villeneuve est un labyrinthe dont le bus pourrait ne pas s'extirper, de même que la ligne 4 du tramway tourne en boucle sur elle-même. Je devrais me lever de mon siège et appuyer sur le bouton *arrêt demandé*. Je descendrais à *Myosotis*, m'arracherais au dédale en suivant la direction de la plage, ou du centre socio culturel. Je serais dévisagée comme une intruse par les habitants de ces demeures factices, les conducteurs et conductrices des véhicules stationnés à califourchon sur les trottoirs. Leurs regards vides me jugeraient derrière les barrières où ils se retranchent pour échapper à l'uniformité de leurs existences. Jamais je ne parviendrais à la plage, pas plus qu'au centre socio culturel, au théâtre, à la maison des associations, au complexe sportif pluridisciplinaire.

Dernier arrêt avant la prison ; le bus quitte la partie habitée de la ville. La luminosité change. Je m'autorise à regarder les autres passagères. Elles aussi vont rendre visite à des détenus. Une allégresse monte ; j'éprouve l'envie d'adresser la parole à ces femmes, de les questionner sur les liens qui les unissent à ceux qu'elles s'apprêtent à retrouver, leur manière de gérer l'attente jusqu'à la libération. J'aimerais quêter auprès d'elles une forme de sororité.

Je me reprends. Je ne suis pas une amoureuse qui se réjouit de retrouver son fiancé ; pas une mère qui vient consoler son fils ; j'impose ma présence à un criminel qui m'a épargnée, il y un an jour pour jour, avant de massacrer une innocente. Je viens à lui pour comprendre les raisons de sa clémence à mon endroit. Ça ne m'autorise pas à me croire la sœur des autres passagères.

Depuis qu'on a quitté la ville, le paysage pavoise. Entre les mobil-homes, des gamins crient et plongent dans les piscines, s'éclaboussent. Même les murs de la prison qui apparaissent dans l'angle supérieur droit du pare-brise ont la forme d'un château fort, d'une demeure médiévale pareille à un conte pour enfants. Une part de moi renâcle à contenir cet emballement, à l'attribuer à la visite que je m'apprête à faire. Peut-être naît-il pour d'autres raisons, de ma capacité à affronter sans peur ni esprit de revanche ce qui aurait dû me gâcher l'existence.

Le bus non climatisé effectue son dernier kilomètre jusqu'à la prison, longe une route où des cahutes en bois proposent à la vente des fruits au détail, pêches, abricots, melons. Je retiens les prix au kilo, me laisse porter par l'envie d'un abricot. Le chauffeur est un type silencieux dont on ne voit que le dos. La plupart des femmes ont les yeux clos, des mères voilées dodelinent de la tête au rythme des dénivellations, des fiancées se sont assoupies contre un vêtement qu'elles ont calé sur leur épaule. J'ose m'attarder sur celles dont les paupières sont levées : une blonde pianote sur son portable ; en me concentrant sur ses mouvements, je parviens à isoler du ronronnement ambiant le martèlement de ses ongles manucurés sur le clavier. Sa bouche remue au rythme des mots qu'elle tape ; tout à coup son visage s'éclaire, comme si une formule qu'elle venait de trouver l'avait particulièrement satisfaite. Elle s'interrompt, lève la tête, accentue son sourire pour me faire partager sa joie d'avoir su s'exprimer comme elle l'a souhaité. Peut-être communique-t-elle avec un type en liberté qui lui fait oublier le reclus de la prison, s'excuse-t-elle auprès de lui de ce solde de fidélité qu'elle doit à un engagement plus ancien ? Il est possible qu'elle me prête les mêmes trahisons. Sans raison je pense à Jacques qui ne sait pas que je suis revenue dans sa ville, qui pourrait me croiser ce soir et se vexer que je ne l'aie pas prévenu. Je rends son sourire à la fille, me sens pour quelques secondes plus proche d'elle que de mes propres enfants, malgré les étoiles pailletées sur ses ongles fuchsia, bien qu'elle n'ait aucune idée des images qui me viennent en tête, de l'agencement de la terrasse de Jacques, de la saveur des nuits d'août juste avant les agressions évitées.

L'ultime virage avant le terminus, l'arrêt qui nous verra toutes descendre. Le conducteur freine avec brusquerie, comme s'il voulait nous malmener, se venger de son rôle ingrat d'eunuque réduit au silence. Est-ce qu'après notre départ il se laissera aller à un relâchement du corps, un soulagement pour avoir accompli sa mission ou pour s'être débarrassé de ces femmes qu'il associe aux culpabilités de ceux qu'elles vont visiter ? Il faudrait rester dans le bus, traquer sur sa nuque la trace de son mépris pour nous, par ma seule présence lui retirer sa mesquine satisfaction quotidienne. Demeurer dans son dos comme une menace, inverser l'ordre des choses, me venger du meneur. Je descendrais au premier arrêt sur le trajet du retour sans un au-revoir, je l'obligerais à m'ouvrir la porte avant réservée à la montée. Je marcherais à rebours jusqu'à l'entrée de la prison, le long des abords de la route où je m'achèterais des abricots.

Pourquoi d'ailleurs revenir à la prison ? Je pourrais me diriger vers la Méditerranée, ce serait plus épanouissant. Je m'installerais sur la plage, y resterais plusieurs heures avant de me lever et de chasser de mes vêtements les grains de sable qui s'y seraient fixés.

Les femmes se sont inconsciemment redressées. Elles ont mis dans leurs regards l'attitude qu'elles emporteront dans les couloirs, qu'elles conserveront en marchant derrière les silhouettes des matons, dans les parloirs en face de ceux auxquels elles sont venues rendre visite. Elles semblent vouloir charger leurs pupilles de l'éclat du soleil, des odeurs qui montent des massifs de fleurs et tambourinent aux vitres encrassées du bus.

Je croise le regard d'une vieille, d'une femme que je tiens pour vieille, plus vieille que moi, plus vieille au point de pouvoir être ma mère, qui a peut-être mon âge.

Quand nos yeux se rencontrent, j'éprouve la promesse d'une compréhension totale.

J'ai ressenti une sensation identique au milieu des années 1980. Ivre d'alcool et des promesses de ma jeunesse, je regagnais l'appartement familial, longeais le jardin botanique qui s'étendait derrière la gare. Malgré la mauvaise réputation du lieu, je n'envisageais pas que quelqu'un puisse s'interposer entre moi et la fin parfaite de cette nuit bisontine. Une révélation m'avait soudain figée sur le trottoir, un afflux d'oxygène dans les poumons, l'absolue conviction d'une adéquation au monde ; un retour aux espérances de l'enfance, aux temps doux d'avant les vexations de ma mère. J'avais inspiré pour mieux appréhender ce qui suivrait, je pressentais que je pouvais devenir indestructible, mais les évidences entraperçues s'étaient anéanties aussi définitivement qu'elles étaient apparues. Ne restait plus que le silence de l'avenue, ma paume contre l'écorce d'un arbre, un parfum de plante douceâtre dans l'air.

Les portes du bus coulissent, les premiers corps se précipitent au-dehors, vers les murs de la prison. La vieille s'est retenue à une des barres métalliques qui surplombent les sièges ; je distingue comme au ralenti les soubresauts de son corps avant qu'elle aussi ne s'immobilise, réajuste son foulard, fronce les sourcils parce qu'une plus jeune lui a grillé la politesse, s'est libérée de notre confinement avant elle. Elle cherche à quitter le véhicule avec une dignité ostentatoire, c'est en cela qu'elle m'a fait penser à ma mère, cette volonté de paraître supérieure aux autres, de marcher vers les parloirs comme si elle marchait sur les femmes devant elle.

Je demeure seule à l'arrêt, laisse devant moi le groupe des femmes monter vers les prisonniers, et dans mon dos le bus démarrer, à vide. Je songe à l'attitude qu'aurait ma mère si j'étais incarcérée. Elle m'imposerait ses visites comme un reproche, son regard me ferait comprendre qu'elle ne s'est jamais attendue à autre chose. Que je l'ai toujours déçue.

La vieille est la plus lente du groupe, en quelques pas elle s'est laissé distancer. Peut-être a-t-elle elle plus honte que les autres des crimes commis par son fils ? L'idée qu'elle puisse être la mère du meneur me vrille tout à coup le ventre. On aurait à peu près le même âge. L'administration refuserait ma présence au parloir ; contre la génitrice je ne pèserais d'aucun poids, je serais renvoyée sans pouvoir me repaître de ce que je viens chercher.

La vieille s'adosse à un lampadaire à quelques mètres devant moi. Je projette sur sa main appuyée contre le tube de métal des veines saillantes, que la distance ne me permet pas de voir réellement, des boursouflures de mère honteuse. Sûrement qu'elle la porte à sa bouche et à ses yeux quand elle sait ne plus être regardée, dans la solitude de son lit. Les autres passagères ont été effacées par le sas d'entrée, il n'y a plus que la vieille et moi sur le chemin qui monte à l'accueil de la prison. Elle a dû sentir ma présence, l'inquisition de mes pupilles, elle se retourne, se redresse ; reprend son chemin. J'imagine, sur le métal du lampadaire, le soleil estomper en quelques secondes la trace de ses doigts.

Je fais quelques pas dans la direction du bâtiment, quand j'entends ricaner ma mère. Distinctement. J'attends que la prison ait avalé la vieille, qu'il n'y ait plus que moi à l'extérieur du bâtiment. Des chants d'oiseaux montent d'un arbre voisin. À mes pieds, le bourdonnement des abeilles fait grésiller les massifs de lavande. Le gris des murs d'enceinte éclate sous le soleil. Elle a ri du même rire exactement quand je lui ai annoncé que je quittais Jacques, il y a vingt ans.

Je te l'avais dit que ça finirait comme ça. C'était bien la peine de dépenser tout ce fric en billets de train. Au final, pour quoi ? Pour aller se faire sauter.

Je m'approche des buissons de lavande, l'activité des guêpes m'accable. Leur brouhaha me rappelle le bouillonnement de mes tempes le soir où elle a ri, lâché ces mots dans le téléphone, la culpabilité que j'avais ressentie, tellement supérieure à la colère, la culpabilité de confirmer ses prédictions.

Si je lui avais demandé de répéter, elle aurait fait mine de ne pas comprendre, suggéré que j'avais inventé ses paroles. Après tout c'était moi qui avais un problème. Moi qui étais incapable de conserver un mec.

J'ai le réflexe de porter la main à mon sac pour l'appeler, me faire pardonner les reproches que je ressasse en son absence. L'entendre me dire que ce n'est pas grave si je suis revenue à Montpellier. Lui rendre un peu de son pouvoir sur moi.

Je reviens vers l'arrêt de bus, m'éloigne de la prison. Que fais-je ici ? Je pourrais plutôt appeler Jacques, lui avouer mon retour. Nous irions dîner dans un restaurant du centre-ville. Il y aurait du vin dans nos verres, l'odeur d'août dans l'air, nous ferions l'amour dans son appartement.

Un bus s'approche de l'arrêt, identique à celui que j'ai quitté il y a vingt minutes. Je me souviens de cela, l'écart entre les horaires de passage, je l'ai noté sur un papier qui se trouve dans mon sac. Vingt minutes. Vingt minutes qui m'ont échappé, qui se sont diluées au point que je ne les ai pas vues passer. Des femmes descendent, une quinzaine, identiques à celles qui ont voyagé avec moi. Je m'écarte sur le bord du chemin pour les laisser passer, elles ne me jettent pas un regard, comme si elles avaient toutes connu cet isolement, ce refus d'entrer, qu'elles savaient qu'il est inutile dans ces situations-là d'encourager, de consoler.

Celle qui ferme la marche me dépasse, yeux baissés. Elle tient dans la main droite un Smartphone qui l'a distraite pendant tout le trajet, qui à présent ne lui sert plus à rien, qu'elle n'a toutefois pas rangé dans son sac. Ce pourrait être celle aux ongles manucurés de la fournée précédente. Je compte mentalement jusqu'à trois, sans comprendre pourquoi, puis lui emboîte le pas. Accélère, pour réduire la distance entre nous, prendre ma place dans le troupeau.

Les bruits sont ceux auxquels je m'attendais. Leur prévisibilité en accentue l'irréalité, comme elle accroît l'absurdité de ma présence entre ces murs. La silhouette épaisse de la surveillante me précède, pressée, comme pour se débarrasser de moi, me projeter dans l'après de la rencontre. Mes pas se répercutent à la fadeur des murs, leurs vibrations se mélangent aux relents d'eau de Javel qui imprègnent l'air contraint du couloir ; je n'ai pas réfléchi à ce qui me conduit ici, pas réfléchi aux mois qui se sont écoulés depuis mon dernier séjour à Montpellier. Je ne réfléchis pas à ce qui va suivre. Je perçois une attente tapie en moi, l'attente d'un événement qui me chasserait d'ici. Un type pourrait se mettre en travers de mon chemin, brandir une décision de la juge annulant l'autorisation de visite. Un refus du prisonnier de me recevoir. Pour combattre cet espoir, j'accélère, rejoins la surveillante ; je suis presque sur ses talons. Elle se retourne avec une expression où il pourrait y avoir de la haine. *Calmez-vous, il ne va pas disparaître*, voilà ce qu'elle se retient de me dire.

Je suis calme. Durant le trajet en train, mon cerveau s'est refusé à se confronter au pourquoi de ma visite au meneur, ensuqué par le défilé des champs, l'intermittence du Rhône, les cheminées nucléaires, l'élégance des éoliennes. Dans la chambre d'hôtel, la même qu'en août dernier – j'avais formulé cette exigence en réservant par téléphone, me laissant l'espoir de renoncer au voyage si la réceptionniste m'avait annoncé son indisponibilité –, je n'ai pas dormi. Annihilée par la blancheur du plafond, le balancement des rideaux – les mêmes mouvements que l'an dernier. À neuf heures je me suis habillée comme pour un entretien d'embauche ; j'ai accompli mécaniquement le trajet à pied, puis en tram, puis en bus, jusqu'à la maison d'arrêt ; je me suis concentrée sur l'achat du billet au tarif adapté, les horaires de la correspondance, les paysages que je reconnaissais mais qui ne m'évoquaient rien, rien d'autre qu'un décor factice qui aurait été placé derrière les vitres pour meubler mon déplacement jusqu'à la prison. Indifférente au poids de la chaleur.

– Voilà, vous pouvez l'attendre là.

La matonne claque la porte derrière elle. Je ne me retourne pas pour m'assurer qu'elle reste à proximité. Je sais qu'elle peut écouter notre conversation, le formulaire administratif mentionne que les échanges doivent avoir lieu dans une langue comprise par le personnel. La pièce a une odeur de ciment froid et de transpiration. Je tire la chaise vers moi, le grincement se matérialise dans mes artères, sous le derme du bras. M'asseoir n'est pas envisageable, m'asseoir seule dans cette demi-pièce vide. Je pose la paume à plat contre la vitre plastifiée qui me sépare de l'autre partie, fais jouer l'extrémité de mes doigts contre les ouvertures de l'hygiaphone. Je remarque un peu de crasse sous l'ongle de l'index, ramène ma main vers moi avec brusquerie, fais disparaître la trace en m'aidant du pouce gauche. Il y a une autre porte, en face de moi, par où le meneur va débouler, ce type que je suis venue voir depuis Besançon, qui a dérangé ma vie, qui ne se doute pas de qui il va trouver en face de lui. Il a accepté la visite d'une femme dont le nom lui est inconnu, alors qu'il refuse toutes les autres, selon les dires de la juge qui a traité ma demande.

Quelle est la nature de vos relations ? m'a-t-elle demandé.

Je suis une amie.

C'est sorti malgré moi.

D'abord, il ne me reconnaît pas.

Moi, je le reconnais. Ça me donne un avantage. Je reconnais les traits de l'homme qui s'est mis en travers de mon chemin il y a un an. Cette reconnaissance ne génère aucune angoisse ; elle ouvre la promesse d'un dessillement, qui s'estompe aussitôt.

Et rien.

Je reconnais les traits de l'homme qui s'est mis en travers de mon chemin avant de me laisser poursuivre, sans me toucher, sans m'agresser, sans m'effrayer. Sans rien me faire qui justifie ma présence dans ce parloir, les démences accumulées pendant l'année écoulée. Les photocopies de documents administratifs pour accompagner ma demande de visite, mon nom recopié plusieurs fois en lettres majuscules dans des cases, au-dessous du sien que j'ai déniché sur internet. L'attente de la réponse de la juge comme si ma vie en dépendait. Les cauchemars récurrents sur la jeune fille morte d'*Opening Night*, l'indifférence à l'adolescence de mes propres enfants.

Lui ne me reconnaît pas.

Il hésite comme s'il s'était trompé de pièce, mais la porte s'est déjà refermée, nous fige dans un espace divisé en deux parties égales par une vitre, que perforent les huit trous circulaires de l'hygiaphone.

Il fait quatre pas dans ma direction, quatre pas comme s'il escomptait en faire plus, franchir la frontière qui nous sépare, la vitre de plastique censée me protéger. Quatre pas, je les compte machinalement, quatre et le voilà à quelques centimètres de moi, aussi près qu'il l'a été l'an passé. Je dois faire un effort pour ne pas laisser ma main avancer vers la paroi, la paume ouverte, un effort douloureux, cette paume où vibre encore le souvenir de la chaise traînée au sol, la sensation de l'ongle à peine curé au bout de mon index.

Il tire son siège vers l'arrière pour pouvoir s'asseoir ; le bruit est atténué, absorbé par la paroi transparente. Je demeure debout, j'attends qu'il lève les yeux sur moi ; j'ai envisagé des phrases, aucune ne me revient. Je m'attarde sur ses traits qui se sont accrochés à ma mémoire, alors que ceux de tous les autres échouent à s'y maintenir.

Je ne fixe pas un meurtrier.

Je fixe le *meneur*. Quelque chose en moi déplore son enfermement, la présence des murs et la barrière de la vitre perforée, quelque chose contre quoi il faut que je lutte, qui pourrait expliquer sans la rendre compréhensible ma présence dans ce parloir. J'ai envie de m'enfuir, de replonger dans la nuit d'août dernier saturée d'effluves végétales ; la saveur exacte de l'air des rues de Montpellier ce soir-là me revient, comme une promesse d'adolescence rallumée par une chanson capturée par hasard à la radio, en même temps que l'évidence de son impossible retour.

Ce qui est perdu pour moi remonte à plus loin que l'adolescence. Sans que je parvienne à m'expliquer pourquoi, le visage du meneur porte l'espoir d'une réparation.

Je n'éprouve pas d'attirance pour lui : mon corps ne m'adresse aucun des signes qui indiquent qu'un homme lui plaît. Ce n'est pas un homme, d'ailleurs, un type à peine sorti de l'adolescence, qui n'ose pas me regarder. L'absurdité de ma démarche me cingle, mon cerveau m'intime de quitter la pièce, d'appuyer sur le bouton qui fera venir la matonne.

– Tu peux t'asseoir.

J'ai hésité moins d'une seconde, qui a suffi à rendre possibles ces mots, quatre, et le tutoiement. Mes nerfs se contractent sous l'impact de cette voix dont chaque modulation m'est restée incrustée sous la peau ; mes poils se dressent sur les bras comme je n'ai pas souvenir qu'ils l'aient jamais fait. Toute promesse de réparation a disparu, ne demeure que la peur. Celle que je n'ai pas éprouvée l'an passé. Pourtant : je m'assieds.

C'est une chaise en plastique kaki, d'une forme inélégante, qu'on pourrait trouver en solde à l'entrée d'un grand magasin, comme élément d'un salon d'été bon marché. Je n'ai pas prêté attention à sa couleur jusqu'à ce que je m'y installe, que j'en éprouve l'inconfort.

Il me fixe. Je pressens qu'il va parler. Les mots qu'il dira lui assureront un pouvoir sur moi, ce pouvoir que je lui ai dénié douze mois plus tôt. Je ne dois pas lui laisser l'initiative. Je jette la première phrase qui me vient à l'esprit.

– C'est parce que j'étais trop vieille ?

Il sourit. Son sourire, dans le contexte du parloir, de la prison, m'agresse plus que le *connasse* d'août dernier. Je ne sais pas y faire face. Il ne m'est pas possible de contenir ma stupéfaction.

Le meneur se met à rire. À *rire*.

– T'es vraiment barrée. Un type te menace, en pleine nuit, dans un quartier désert, tu lui montres une photo de tes filles. Un an plus tard, tu débarques pour lui demander s'il t'a trouvée trop vieille ? Et tu as déposé trois demandes de visite pour ça ?

Je comprends ce qui m'a empêchée d'avoir eu peur l'été dernier. Qui m'empêche de réaliser que ce type a tué une fille. Son rire. La normalité de son rire.

– T'avais capté, ça, qu'on était en train de t'agresser ? Que t'es passée pas loin du sort de l'autre ?

Du sort de l'autre.

Le meneur ne rit plus. La méchanceté lui va moins bien, il se prête mal au rôle. Pourtant, il a tué. Je regarde ses mains, sa bouche, ses yeux qui n'ont pas accordé de grâce.

À moi, si.

Je ne dois pas y penser.

– Qu'est-ce t'as à me regarder comme ça ? Tu veux voir le type qui ne t'a pas butée, c'est ça ? Ça t'excite de rejouer la scène, à l'abri derrière la vitre ?

Il a raison. Je ne l'aurais pas mieux formulé.

Je n'ai plus rien à lui dire. L'étroitesse des murs m'oppresse, comme elle m'oppressait à l'hôtel il y a un an. Tout à l'heure, je serai dehors. Je poserai mes pieds sur les marches des escaliers, me distrairai en évitant les interstices, les dalles plus sombres. Je m'emplirai de l'odeur de lavande qui montera des arbustes conduisant à l'arrêt d'autobus, de l'impeccabilité du ciel, du bourdonnement des guêpes. Ou je m'offrirai le luxe de ne prêter attention ni aux parfums ni aux couleurs. Pour lui, ce sera le retour à une cellule en longeant un couloir que je ne me représente qu'en faisant appel à des souvenirs de salles obscures, ou de lectures.

À moi, il n'arrive rien.

Je n'ai rien à lui dire. Je ne sais pas ce qui m'a conduite ici, face à ce type qu'il aurait fallu oublier, rayer de ma mémoire comme les deux minutes de notre rencontre, ce non-événement. Cet évitement. Ça m'apparaît d'un coup, il faut que je me lève et m'en aille.

Je ne me lève pas. Je demeure face à lui, assise. Il ne semble pas surpris par mon silence, mon regard qui le traverse, l'absurdité de ma présence. En prison, les relations humaines obéissent à des règles qui m'échappent.

Son expression est vide. Dans n'importe quelle autre situation, je me reprocherais de lui faire perdre son temps, mais ici ? Insensiblement, je me détends. Laisse infuser cette sensation d'inutilité absolue qui me berce comme une absence de gravité, comme la première bouffée de cigarette après un long sevrage.

Je ne détecte pas d'envie dans son regard. Pas l'excitation à laquelle j'aurais dû m'attendre de la part d'un homme privé de femme pendant un an, d'un criminel emprisonné pour ne pas avoir réfréné ses pulsions. Dans ce parloir, il ne m'apparaît plus que cette atonie du désir est imputable à mon âge, à une absence de potentiel érotique qui pourrait m'être reprochée. Je me suis aperçue dans la glace ce matin, puis dans le reflet des vitres de l'autobus : je me suis trouvée séduisante.

La question viendra quand j'aurai regagné l'hôtel. La manière dont j'ai choisi mes vêtements avant de venir à la maison d'arrêt. Peut-être dès mon installation dans le bus du retour. Pour l'instant, elle n'existe pas. Je la tiens en respect.

Plusieurs minutes s'écoulent après qu'il a parlé. Il ne semble pas attendre de réponse. J'aurais envie de lui tendre le paquet de Marlboro que j'ai dû laisser à l'accueil, de créer entre nous un semblant de normalité ; il aurait fallu glisser la cigarette par un des trous de l'hygiaphone, prendre garde à ne pas arracher le papier. Commencer par le filtre.

Il me revient qu'il ne fume pas, je l'ai appris de sa bouche un soir d'août dernier, moi libre de prolonger ma route vers le parking, lui libre de s'éloigner vers un autre destin. L'odeur de menthe dans sa bouche affleure, je rajeunis de quatre saisons. Je pourrais remonter plus loin, m'aventurer jusqu'aux temps de l'enfance vierges des vexations maternelles. Aux temps de la légèreté.

Pas ici. Pas en face du meneur.

– Vous ne fumez toujours pas ?

– J'ai toujours fumé. C'est pas ici que je vais arrêter.

Dans sa voix, il m'est impossible de déceler la part de mépris de celle de la compassion. Il regrette de devoir m'informer qu'il m'a menti, ou que je le comprenne si peu. Ma main se crispe, un tic me tord la bouche : qu'est-ce que je fous ici, à mendier l'empathie d'un meurtrier, à me rabaisser au point de jouer la comédie de la normalité ? À croire que je vais cautériser mon passé en côtoyant un criminel ? Est-ce qu'il ne faudrait pas profiter de la sécurité que m'offre la vitre, la présence de la matonne derrière la porte, pour me décharger sur lui de la colère qui me hante depuis son agression ? Pourquoi ai-je sacrifié à mes obligations de mère tant de soirées à rédiger des demandes de visites ?

Je demeure silencieuse ; lui n'ajoute rien. Nous nous faisons face, impossible de savoir s'il a en tête les mêmes images que moi, les mêmes regrets de la douceur de l'air d'août dernier. Ce qu'il a accompli dans la fin de la nuit, je ne me le représente pas. Encore moins depuis qu'il se trouve à quelques centimètres de moi. Ce serait obscène de lui demander si ça l'obsède. S'il s'en repent, malgré les dénégations qu'il a proclamées aux policiers quand ils l'ont arrêté. Ses mains sont immobiles sur la tablette accrochée à la vitre, identique à celle qui se trouve devant moi. Je regarde les miennes, pareillement vierges de tout mouvement. Est-il anormal qu'aucun de nous deux ne tremble ? Ne pianote son impatience du rien qui nous occupe, du vide qui suivra cette deuxième rencontre ?

La porte derrière le meneur s'ouvre, j'en conçois un dépit violent, irrépressible. Je me sens capable de crier qu'il est trop tôt, que je n'ai eu le temps de rien, mais je me contiens. Je le regarde se lever, mettre les mains dans le dos pour accepter les menottes, s'éloigner. Juste avant de disparaître, il se retourne vers moi.

– Valait mieux pour toi que je l'aie pas acceptée, ta clope, ce soir-là. Tu l'as compris, ça, non ?

Son maton le bouscule pour qu'il franchisse la porte, il ne tolère pas qu'il ait ajouté quelques mots à ceux autorisés pendant la demi-heure réglementaire. À son tour, celle qui m'a accompagnée entre dans la pièce, me fait signe de la suivre. Par réflexe, je croise mes mains dans le dos, fais mine de ne pas remarquer le regard de désapprobation qu'elle me lance. Les bruits du couloir, comme l'odeur, le gris monocorde des murs, me sont déjà devenus familiers ; il est prévu que je revienne dans trois jours. Puis dans trois jours encore. En tout, une heure et demie. C'est ce que j'ai demandé à la juge. Ce qu'elle m'a accordé.

Le bruit des gouttes contre la vitre me réveille. Il me faut un temps pour me souvenir que je suis à l'hôtel, qu'hier j'ai rendu visite au meneur. Un souffle de vent m'amène par réflexe à remonter le drap sur moi. Soudain le bruit d'un choc dans la chambre. Je bondis sur mes pieds. Une bourrasque a fait buter la porte-fenêtre contre le mur.

Je me suis levée trop vite, ma tête tourne. Je pose une main contre le mur pour ne pas perdre l'équilibre.

Sous la porte-fenêtre, une flaque. Mes pieds pataugent dans l'eau presque tiède. Passé la première sensation de rejet, je m'habitue, demeure nue debout à la fenêtre ; toutes les lumières sont éteintes dans l'immeuble d'en face, aucune éclipse de lune à contempler cette année. Si quelqu'un s'est levé dans le noir, il peut apercevoir ma silhouette en ombres chinoises, le tremblement de ma peau sous l'effet de l'air et de la pluie. Contre la vitre restée fermée, des rigoles se succèdent, se rejoignent en réseaux plus larges, composent des hiéroglyphes mutants. Le bruit d'une voiture plus bas dans la rue ramène une bribe du rêve interrompu, impossible à circonvenir.

Dans sa prison, le meneur a-t-il été réveillé par le bruit de l'eau sur sa fenêtre grillagée ? Se tient-il le visage appuyé contre les barreaux, regrettant l'insouciance des soirs secs de l'été où il pouvait marcher dans les rues de Montpellier, interpeller les femmes qui se promenaient seules ? Je chasse l'idée qu'il est privé de liberté à cause de moi, des femmes comme moi ou plus attirantes que moi qui ont stimulé ses pulsions. Sa vigueur empêchée dans une cellule et mon inutilité libre de se déployer partout. L'humidité à mes pieds tout à coup me dégoûte, mes pensées culpabilisantes, l'impossibilité que j'ai à m'arracher à cette chambre, à mon projet de visites au parloir.

Je me force à penser aux prisonniers de Villeneuve-lès-Maguelone, je me sens autorisée à le faire par l'empathie que j'ai éprouvée pour les mères et les compagnes qui ont marché devant moi, tête basse à cause des murs de la maison d'arrêt et du soleil. Je me force à imaginer les hommes réveillés par la pluie. Parmi eux, le meneur. Son regard qui n'a pas quitté le mien, nos trente minutes de silence plus pénibles à supporter que ses phrases qui se voulaient blessantes.

Après-demain, je retournerai à la maison d'arrêt. Je n'anticiperai pas mon retour à Besançon, malgré la crainte de croiser Jacques, malgré l'effroi des pensées que je pourrais produire jusqu'à la prochaine visite.

Je réduis la flaque au sol au moyen d'une accumulation de feuilles de papier toilette, que j'essore au-dessus de la cuvette, vaguement irritée par la matière molle qui s'écrase entre mes doigts. Je reviens à la porte-fenêtre, m'absorbe dans l'écoulement des gouttes, leurs crépitements autour de mes pieds qui créent d'imperceptibles ondulations, comme si je prenais un bain nocturne dans la Méditerranée.

Je l'avais fait, il y a vingt ans, avec Jacques ; à chaque pas, des milliers de bulles d'oxygène éclosaient autour de nos chevilles, s'extirpaient de nos peaux en scintillant. J'avais très envie qu'il me fasse l'amour, il avait refusé parce qu'il craignait d'être piqué par une vive.

J'avais ri, de longues minutes sans pouvoir m'interrompre. J'avais compris à cet instant que je le quitterais dès mon retour à Besançon.

Un éclair tout à coup zèbre la nuit, projette contre ma rétine l'image trop nette du bâtiment d'en face. J'attends, plusieurs secondes. Le bruit du tonnerre me parvient très assourdi, lointain, d'une direction dont je me plais à imaginer qu'elle est celle de Villeneuve. Il y a l'image du meneur, vulnérable à cause de son incarcération, impuissant à fuir la foudre ; la perspective de mes journées vides si j'apprenais son décès, mon retour subit à une existence normale. La fatigue qu'il y aurait à affronter l'automne en Franche-Comté, les regards critiques de mes filles, la condescendance de ma mère.

Dans le miroir de la salle de bain, aucune trace des démences à l'œuvre sous mon crâne. Je m'assieds sur les toilettes, laisse filer un flot d'urine comme si je voulais me dissoudre avec lui.

Je suis déjà venue dans ce parc.

J'étais retournée à Montpellier trois ou quatre ans après la rupture avec Jacques. Je n'avais plus de contacts avec lui. N'évoquais pas son nom auprès de mes nouvelles connaissances. Fréquentais celui qui deviendrait le père de mes filles. Une amie m'avait proposé de passer un week-end chez une cousine à elle, qui mettait un appartement à notre disposition contre la promesse de nourrir ses chats. J'avais accepté. Plus le train nous rapprochait de la ville, plus mon cœur battait. Il ne m'avait pas semblé, jusqu'à ce voyage, que notre séparation m'avait affectée. Inconsciemment, je m'étais rangée à l'avis de ma mère qui considérait cette rupture comme *une de mes rares décisions sensées*. Elle trouvait *beaucoup mieux pour moi* le futur père de mes deux filles.

Sur place, l'appréhension s'était muée en angoisse. Je tremblais de surprendre Jacques au bras d'une fille, ou de le découvrir seul et abattu. Je redoutais plus que tout de le croiser sans le voir.

Ça n'existe pas, cette maladie de la reconnaissance. Encore un truc que tu inventes pour te rendre intéressante. Gamine, déjà, tu me racontais des histoires invraisemblables. Je t'avais dit que ça te jouerait des tours. Je ne m'étais pas trompée.

Une nuit, juste avant l'aube, j'avais quitté l'appartement. Les basses des musiques sur lesquelles nous avions dansé persistaient sous mon crâne, des restes d'ivresse ralentissaient mes pas. J'avais marché jusqu'à une place en contrebas de la rue où nous logions, m'étais assise sur un banc. Des larmes étaient venues, un besoin de Jacques que je n'avais jamais ressenti auparavant. J'avais espéré qu'il déboule sur la place, enjambe la barrière et me prenne dans ses bras.

Brusquement, l'air s'était alourdi, un orage avait éclaté. Je n'avais pas bougé. Plus tard mes espadrilles avaient gargouillé dans la montée d'escalier, laissé des traces dans le hall de l'appartement.

C'est le même parc où mes pas m'ont ramenée cette nuit. Un homme se tient assis sur un banc. Je sais qui il est. Je devrais m'enfuir, le dénoncer. Sa place est en prison. Il regarde dans ma direction, sourit. Il porte la main à sa poche et je ne tremble pas. Il sort un téléphone portable, sur lequel il se met à pianoter. Je m'approche, si près qu'en tendant le bras je pourrais le toucher. Il ne lève pas les yeux de son écran, étire le coin gauche de ses lèvres en un rictus ironique. Avec tout l'élan dont je suis capable, je projette mon pied contre son ventre. Le meneur se plie en deux comme les sacs contre lesquels s'exercent les boxeurs. Ma violence est jubilatoire.

Il se redresse, poursuit la rédaction de son message, comme si mes coups avaient été inopérants. Il n'a pas lâché son téléphone. J'essaie de lui porter un deuxième coup, mais mon corps me trahit. Mes jambes sont molles, ne disposent d'aucune force. En face de nous, les lumières des immeubles s'éteignent, comme si les habitants ne voulaient pas être témoins de mon impuissance.

Je voudrais au moins l'insulter : aucun mot ne sort de ma bouche.

Je me concentre pour un nouveau coup. La force me revient, incontrôlable, démesurée. Mon pied traverse ses chairs, s'enfonce dans la paroi abdominale. Le contact de ses viscères contre ma peau nue me révulse.

Il se redresse encore. Cette fois le choc lui a fait lâcher son portable, il regarde ses mains vides avec une surprise qui me désarçonne. Un filet de sang s'écoule de sa bouche. Des envies de tendresse m'assaillent, je les chasse comme j'aurais repoussé l'inceste. J'empêche mes doigts d'éponger son menton, de se glisser sous ses épaules pour l'aider à se lever.

J'imagine ce geste, son corps appuyé au mien, sa tête contre mon torse, le scandale de cette proximité, la fureur de ma mère. Je hurle, mon propre cri me réveille, me glace dans le lit que j'ai trempé de ma sueur.

Mes mains m'épouvantent comme si réellement elles s'étaient plongées sous les aisselles du meneur, avaient emporté jusqu'au réveil leur chaleur interdite, leurs muscs scandaleux.

Je renifle mes doigts. Il n'aurait pas fallu le faire, ne pas autoriser à ce point la folie à se répandre en moi. Je renifle mes doigts, et j'y déniche les traces d'une transpiration mâle.

Dans le miroir de la salle de bain cette fois, j'ai vraiment l'air d'une folle.

J'ai allumé toutes les lumières, l'écran de la télévision. Ouvert les rideaux. Je ne peux pas sortir ; ça ressemblerait trop à mon rêve. Mes pas dans l'espace clos et l'émission que j'écoute dérangent les autres clients, me désignent comme la fauteuse de troubles. Au procès, il se trouvera des jurés pour me dévisager comme si j'étais la cause de l'agression. Celle qui a distillé l'envie dans l'esprit du meneur, celle qui l'a contraint à transférer ses pulsions sur une innocente.

À l'écran, un type commente le succès de la Nuit des étoiles, une initiative nationale déclinée au planétarium de Montpellier. Dans le ciel, les points lumineux me paraissent artificiels. La perfection de la voûte céleste pèse sur moi d'un poids insurmontable. Je n'aurais pas dû revenir ici, solliciter trois visites auprès du prisonnier. Me rendre à la maison d'arrêt. Je n'ai rien à lui dire, rien à attendre de lui. Il s'est tenu face à moi, derrière une vitre de protection, m'a jeté au visage une phrase lourde de sous-entendus. J'avais réussi l'an passé à dévier sa menace, cette visite m'a remise à sa portée.

Il faudrait pouvoir effacer les vingt-quatre dernières heures. Rentrer à Besançon et retrouver mes filles. N'avoir pour contrariétés de la journée à venir que leurs visages fermés, la perspective d'heures sans partage ajoutées à celles des années précédentes. Attendre que mon ex-mari sonne à l'interphone et qu'elles se bousculent pour le rejoindre sur le parking. Par la fenêtre, je les regarderais enlacer leur père, je me sentirais à la fois exclue et soulagée par leur départ.

Parfois, j'ai l'impression que tu n'aimes personne. Pourtant tu as eu tout ce qu'il te fallait, dans ton enfance.

Une étoile filante plonge derrière le mur de l'immeuble d'en face. Sa trace nette est visible de toute l'Europe, de mon appartement bisontin, de la prison de Villeneuve. Se peut-il que le meneur ne dorme pas, qu'il fixe comme moi le scintillement du ciel ?

Son haleine avait une saveur de menthe. Il riait l'an dernier avant de me croiser, de tomber sur une femme seule qui ne l'attirerait pas. Est-ce de m'avoir croisée qu'il s'est déréglé ? Si j'étais restée chez Jacques ce soir-là, la jeune fille serait-elle toujours en vie ?

Je cogne mon poing contre le mur de la chambre. J'espérais un bruit violent, le geste ne produit qu'un son mat, quelques élancements dans les phalanges.

Je m'allonge sur le lit, les yeux tournés vers le ciel. Si je ne m'endors pas, je verrai les lumières de l'immeuble s'allumer. Derrière les fenêtres, des silhouettes passeront devant les vitres opaques des salles de bain ou embuées des cuisines. Des draps seront secoués, des visages se pencheront vers la route pour vérifier les pronostics météorologiques de la veille. Quand tout le monde sera parti, je me lèverai à mon tour.

Tu l'as compris, ça, non ?

Je n'entends pas cette voix, pas plus que celle de ma mère.

Je suis seule dans une chambre d'hôtel.

Je me concentre sur la fenêtre. J'aperçois cinq étoiles qui composent une forme familière, dont j'ai connu le nom. Je m'emploie à le retrouver.

Un homme me dévisage depuis le trottoir d'en face. Je soutiens son regard, tout en continuant à marcher. Il baisse les yeux sur mes jambes, les remonte, n'éprouve pas de gêne à m'évaluer aussi ostensiblement. J'entre dans le parc du Peyrou. Il se tient quelques pas derrière moi. Fait mine de ne pas me suivre.

Il n'a pas l'air dangereux. Mes pensées de la nuit sont plus inquiétantes que ses intentions. Il a repéré une femme qui lui plaît, il le lui fait savoir ; lui emboîte le pas. Rien de répréhensible. Il ne me déplaît pas. Je pourrais m'adosser à un mur, lui adresser la parole quand il passerait devant moi. Depuis Jacques l'an passé, je n'ai pas fait l'amour. Mon ventre se contracte, je me remémore les sous-entendus de ma mère sur ma lascivité, sa propre frigidité brandie comme un modèle.

J'éprouve l'envie de l'appeler pour lui jeter à la figure ce que je lui reproche et que j'ai toujours tu.

À l'automne, elle m'a confié la garde de sa tortue pendant une semaine : elle m'a expliqué comment la baigner, la nourrir, l'empêcher d'hiberner avant son retour, ça aurait été trop tôt. Elle a doublé ses recommandations orales d'une liste de consignes scotchées sur le vivarium ; a répété sur le chemin de l'aéroport à quel point elle n'était pas tranquille de me confier son chélonien. Chaque nuit, je me suis réveillée en panique, persuadée que l'animal était mort. À son retour, pendant que je sortais sa valise du coffre de ma voiture, elle s'est précipitée vers le vivarium, puis m'a crié : *Elle va bien !* comme si ça relevait d'un miracle. Elle a attendu que je sois dans son champ de vision et ajouté : *Tu sais pourquoi elle va bien* ?

J'ai espéré qu'elle me dirait : *Parce que tu t'es bien occupée d'elle.* J'en étais toujours là, rien n'avait changé depuis l'enfance. Sauf que cette fois j'allais recevoir ses félicitations ; l'expression de sa gratitude pour mon aptitude à n'avoir pas laissé crever sa tortue domestique. J'ai posé ses bagages dans le hall, la perspective du compliment à suivre m'emplissait le cœur d'un espoir insensé, capable d'effacer les rebuffades antérieures. *C'est parce qu'elle m'a reconnue, elle a senti que j'étais rentrée. Viens voir, elle s'agite en remuant la tête, on dirait qu'elle danse de joie de m'avoir retrouvée.*

Je pourrais faire demi-tour, marcher droit sur l'inconnu, lui proposer de me suivre à l'hôtel. Ça créerait un effet de surprise qui me redonnerait l'avantage, ne ferait plus de moi une proie dans la rue.

Celle qui prend les initiatives ; met en déroute les projets criminels des gamins désœuvrés.

L'envie d'un corps contre le mien m'est passée. J'ai honte de l'avoir ressentie, d'y avoir associé le souvenir des humiliations maternelles. J'espère que mes filles ne songent pas à moi de la sorte.

Je les appelle. Leurs voix dans le portable me rassurent, les banalités qu'elles déclament pour donner le change, jouer la comédie des enfants heureuses que leur mère pense à elles.

Je leur décris le parc, elles ne s'en souviennent pas. Je les y ai emmenées, pourtant. L'image se superpose à celle de mon présent, Clara et Zoé enfants courant entre les arbres, moi jeune et mère qui les regarde. Tous les matins, nous prenions le bus pour nous rendre à la mer. J'avais l'espoir que Jacques nous croise et se confronte au regret de n'être pas leur père.

L'homme a disparu. Il est passé devant moi pendant que je téléphonais à mes filles. Il a ralenti de manière flagrante, s'est immobilisé à quelques mètres du banc où je m'étais assise pour resserrer ses lacets. Quelque chose en lui m'attirait.

Je n'ai pas interrompu ma conversation. Il a haussé les épaules, s'est éloigné dans le parc jusqu'à disparaître derrière le château d'eau.

Je traque sa trace dans les rues qui plongent vers la vieille ville. Je me retrouve par hasard dans le parc auquel j'ai rêvé cette nuit. Je m'assieds sur le banc qui ressemble le plus à celui de mes souvenirs, ou à celui de mon cauchemar. J'attends l'inconnu qui m'a dévisagée.

Je saurai le reconnaître à sa démarche. À ses vêtements. Au regard qu'il me lancera en me découvrant.

Il ne vient pas. Je reprends ma quête dans les rues de la vieille ville.

Le chercher occupe ma journée.

Je dîne seule dans le même restaurant que l'an passé. J'ai choisi une table à l'extérieur, j'enchaîne les verres pour entretenir l'espoir de voir passer celui qui m'a suivie cette après-midi. Je me sens capable de lui désigner d'un geste le siège vide en face du mien.

Le repas terminé, je me dirige vers la place de la Comédie, m'installe à une terrasse ; toutes les personnes assises autour de moi me paraissent jeunes, insouciantes, désirables. Soudain je crois reconnaître l'inconnu ; les promesses de l'adolescence affluent, le cœur bat, ce qui en moi résiste paraît céder. Ma main se lève, le corps s'élève à demi de la chaise, empêché par l'arête de la table.

Ce n'est pas lui. Je m'en rends compte à sa manière de me regarder.

Il sourit, ouvre les bras en signe d'interrogation. Ce geste me décide, je l'invite à s'approcher.

– Je vous ai confondu avec un ami.

Il répond par une flatterie banale, pose sa main sur le dossier de la chaise vide en face de moi.

– Je peux ?

Je l'espère plus jeune que moi de beaucoup, j'ai envie de cette transgression-là. Il a trente-cinq ans, ça me déçoit un peu. Très vite, il me prévient qu'il embauche à quatre heures du matin, comme s'il était acquis que nous ferons l'amour, que nous n'avons pas de temps à perdre, que je ne dois pas espérer passer la journée dans son appartement.

Son corps me plaît, à cause sans doute de sa ressemblance avec l'inconnu du Peyrou ; pourtant je ne parviens pas à imaginer son visage contre le mien, sa bouche sur la mienne. Je commande un whisky au garçon.

– J'en ai chez moi, si tu préfères.

Chez lui j'en reprends un. Toute notion du temps s'estompe.

Quand je regarde l'heure sur son réveil après qu'il a joui et disparu dans la salle de bain, il est 3 h 30. Il a dû adapter ses gesticulations au temps dont il savait disposer. Je ne lui ai pas demandé quel était son travail ; il est possible qu'il ait inventé cette contrainte pour s'assurer de mon départ après l'amour ; j'aurais été capable d'inventer un tel prétexte.

L'idée de l'eau sur son corps m'apparaît aussi irréelle que le souvenir de sa peau contre la mienne, ou que ma présence parmi les draps imprégnés de nos sécrétions. Les lavera-t-il avant d'y emmener d'autres femmes ?

En tendant l'oreille, je devine le frottement de ses paumes sur sa peau. J'imagine le gel mousser dans les plis de ce corps que ma bouche a parcouru quelques minutes plus tôt. J'ai du temps pour moi, il doit encore se rincer, se sécher. Déposer du déodorant sur ses aisselles. Je me lève, ouvre le tiroir d'une des tables de chevet. J'y trouve des paquets de mouchoirs, un magazine de football, deux montres, des stylos et un bloc de post-it. Je fais le tour du lit. Mon cœur bat vite, comme si ce vol d'intimité m'en apprenait plus sur lui que l'accès à son corps, l'excroissance granuleuse sur sa cuisse gauche qui m'a causé une répugnance fugace, la contraction de ses traits quand il a joui.

Le tiroir grince, je tousse pour dissimuler le bruit. Des DVD porno, une paire de menottes, un gode en plastique rose, un fouet. Les seins des filles, énormes sur les jaquettes des DVD. Mes yeux descendent à ma poitrine. Pourquoi m'a-t-il choisie ? Je prends les menottes dans mes mains, me retourne brusquement comme si cette transgression l'avait fait apparaître dans l'encadrement de la porte.

L'écoulement de l'eau reprend dans la salle de bain.

Il ne m'a pas fait jouir, mais j'ai aimé son corps. S'il ne devait pas embaucher à quatre heures, je lui proposerais de recommencer ; je m'appliquerais pour arriver au plaisir ; lui promettrais de disparaître juste après. Ce serait bon de regagner la chambre d'hôtel avec la peau repue, je n'aurais plus de rêves obsédants, d'insomnies. Je pourrais cacher les menottes dans mon sac, il ne se rendrait compte de rien avant mon départ. Peut-être ne saurait-il même pas qui accuser du vol. Une jalousie passe, fugace, à l'idée des autres femmes, celles qui m'ont précédée et celles qui me succéderont ; je leur en veux de la jouissance qu'elles atteindront peut-être grâce à lui.

– Tu prendras un café, malgré l'heure ?

J'ai refermé le tiroir juste à temps. Il a enroulé une serviette autour de sa taille, pareil à un mannequin de publicité. J'éprouve une bouffée d'orgueil à avoir été choisie par lui, mêlée au dépit de devoir quitter son appartement sans espoir d'y revenir. J'accepte le café, finis de m'habiller à la hâte.

– Ça ne te dérange pas de rentrer seule, en pleine nuit ?

Je ne lui dis pas que marcher dans Montpellier ne m'effraie

pas, qu'en moi quelque chose s'oppose à la peur, dissuade ceux qui rôdent et agressent.

Dans la cuisine, nous échangeons des propos sans intérêt sur Montpellier, le temps, les touristes. Il n'a allumé aucune lampe, les chiffres qui clignotent sur l'horloge du micro-ondes me fatiguent les yeux. Nous tenons nos tasses serrées entre nos mains, comme si nous étions en plein hiver, collègues de bureau sortis fumer une cigarette. Son pouce effectue des mouvements circulaires à l'intérieur de l'anse.

Il regarde à son tour l'heure sur l'écran du micro-ondes, je comprends qu'il me faut partir. Je lui tends la main, ça le surprend. Il me remercie pour la nuit passée ensemble.

Je lui souhaite une agréable journée.

À quelques mètres de moi, deux hommes s'enduisent le corps de crème, sous les regards de leurs voisins. J'ai choisi la plage de Villeneuve-lès-Maguelone parce que j'espérais apercevoir la maison d'arrêt depuis la rive. J'ai anticipé la jubilation que ce serait de flotter dans l'eau en fixant le lieu où le meneur était reclus. De nager pendant qu'il étouffe dans sa cellule. Après l'aventure de ma nuit, ça pourrait m'insuffler la force de quitter Montpellier. J'emmènerais mes filles en voyage, une destination imprévue, quelque chose qui ne ressemblerait pas à la mère que j'ai été pour elles jusqu'à leur adolescence.

Mon portable vibre à l'intérieur du sac de plage : un SMS de ma mère m'informe qu'une de ses voisines a été agressée dans la rue. Une femme plus âgée qu'elle. En plein jour. Un jeune en scooter. Six points de suture. Aucune autre phrase que l'évocation de ce fait divers.

L'image des fils noirs sur le front de la vieille. La culpabilité d'être à la plage alors que ma mère vit seule dans un environnement hostile. Malgré moi je compose son numéro.

Elle complète son récit avec une diction contrariée, comme si je la contraignais à satisfaire une curiosité malsaine. Sa voix s'affermit. Je sais qu'elle va pousser son avantage, passer à l'attaque.

– Ça ne t'arriverait jamais, à toi. Déjà en quatrième, tu te souviens ? Tu m'avais raconté que des types du lycée t'avaient rackettée, que tu leur avais tenu tête. Je n'ai jamais su si tu avais réellement vécu cette agression, tu étais capable de tellement mentir. Mais ça ne m'avait pas étonnée que tu leur résistes. Tu as toujours eu cette dureté, comme ton père. Pas vraiment du courage. Quelque chose de dur et qui dissuade… je ne sais pas trop comment l'expliquer. Chez ton père aussi, ça me dérangeait. Quelque chose qui dissuade, oui. Même vieille, tu ne risqueras rien.

Je ferme les paupières. J'aimerais que le bruit de l'eau absorbe tous les autres, que l'odeur du sable suffise.

– C'est une qualité, non ? Votre dureté. Enfin, une qualité… je ne sais pas vraiment. Une force, en tout cas.

La chaleur devient plus pénible à supporter, comme les cris des baigneurs, le bruit d'une balle qui rebondit entre deux raquettes en bois. *Quelque chose qui dissuade.*

– Tu es toujours là ? Quand même, je voudrais bien comprendre ce que tu es retournée faire à Montpellier. Abandonner tes filles, comme ça… Heureusement que leur père…

Je raccroche.

Je me focalise sur l'épisode de l'agression au collège. Comment ai-je pu l'oublier ? Pendant un an, j'ai ressassé les menaces du meneur sans que jamais cette scène ne me revienne en mémoire.

Quatre garçons que je n'ai jamais vus. Ils me bousculent dans la ruelle en face du collège. *Demain, tu nous fileras cent francs, on t'attendra au même endroit, t'as compris ?* Mon dos contre un mur, la conscience d'être frêle, sans force. Mais une absence totale de peur qui me stupéfie. *Non*, je réponds. *T'as compris ce que je t'ai dit ?* Quelque chose dans la voix de celui qui parle cède déjà. Du bras, je l'écarte. J'ai ce geste invraisemblable : je lui touche le coude pour le repousser. Je passe à côté de lui. Ne me retourne pas. Marche jusqu'à la rue piétonne : là seulement mon cœur s'accélère, ma vue se brouille. À la maison, ma mère m'écoute à peine. *Tu en verras d'autres*. Le lendemain, les quatre garçons discutent à la sortie du collège. Je reconnais le groupe qu'ils forment, au même endroit que la veille. Leurs gestes. Ils m'attendent. Je me dirige vers la ruelle, ne modifie pas mon itinéraire. Ne tremble pas.

Ils ne me suivent pas.

Il ne se passe rien.

Quelque chose qui dissuade.

J'avance jusqu'à la mer. Nage vers le large jusqu'à ce que le souffle me manque.

Au retour, je trouve sur ma serviette un numéro de téléphone griffonné sur un billet, suivi d'un prénom. *Alain*. Je n'ose pas regarder autour de moi. Il peut s'agir d'un canular.

J'enfile ma jupe et mon tee-shirt à même la peau humide. Le sable s'agglutine entre mes pieds et la semelle des espadrilles, rend ma démarche disgracieuse.

Juste avant l'arrivée du bus, je dépose le billet dans une poubelle, pour ne pas être tentée de composer le numéro pendant le trajet retour.

Après-demain, je demanderai au meneur pourquoi il ne m'a pas agressée. À peine assise en face de lui, je lui poserai la question. Aucune autre.

Je ne me débinerai pas.

Puis je rentrerai chez moi.

– Pourquoi tu ne m'as pas agressée ?

Il me fixe, se force à ne rien exprimer. Peut-être qu'il ressent le besoin de ne rien exprimer. Sur sa bouche, pourtant, un rictus. Il ne répond pas. Me dévisage. Ses yeux ont repéré une victime, il y a douze mois, l'ont traquée, sélectionnée, regardée agoniser. Sa bouche m'avait interpellée dix minutes plus tôt : *C'est pas prudent de se balader comme ça, madame.* Dans l'air, une odeur de plante dont j'ai cru retrouver le souvenir, en septembre dernier, sur la terrasse d'une amie. *Ça sent quoi ?*, je lui ai demandé en lui serrant le bras d'une manière excessive. *Tu peux me dire de quelle plante vient cette odeur, là, celle qu'on sent, plus forte que les autres ?* Je devais avoir l'air d'une folle, avec mon débit accéléré, mon attente de sa réponse comme si une vérité devait en jaillir. *Du chèvrefeuille.* Ça ne m'a rien apporté de connaître le nom de la plante, une déception un peu fade, peut-être la conviction qu'en Franche-Comté je ne parviendrais à rien résoudre de ce qui m'est arrivé, ou ne m'est pas arrivé, à Montpellier.

Sa bouche. Je m'attarde sur ses lèvres, leur configuration méprisante. Je perçois dans mon corps les traces, inconcevables dans le contexte, de la montée du désir. Je dois juguler l'angoisse qu'il lise en moi, que son sourire se fasse prédateur. *C'est pour ça que je ne t'ai pas agressée, pour ne pas te donner ce plaisir-là.* J'essaie de maîtriser mes mains sur la tablette du parloir, détaille mes phalanges, mes ongles, la trace pâle de l'alliance manquante à l'annulaire gauche. *Au final pour aller se faire sauter. Pour rien.* Ça ne me gêne plus de ne pas le regarder, de m'intéresser pour la première fois à l'aspect des murs, aux irrégularités du plafond, à l'infime différence de hauteur entre les quatre pieds de ma chaise qui m'amène à me dandiner comme au lycée, quand je me faisais reprendre par les surveillants. Pourtant je ne suis jamais tombée.

Est-ce le désir qui justifie ma présence dans cette prison ? Un désir que j'aurais ressenti dès le premier soir, portée par les alcools servis par Jacques, la promesse avortée de nos retrouvailles sexuelles ? Je n'éprouve aucune gêne à formuler mentalement ces questions en présence du meneur. À oser les laisser se former dans mon cerveau. Depuis la pulsion née de la contemplation de ses lèvres, toute honte s'est évanouie.

Il n'est pas beau. Son visage offre pourtant quelque chose à quoi s'accrocher, une sensation où se mêlent envie de consolation et soumission.

Je me redresse, d'un coup, il n'a pas pu ne pas s'en rendre compte. Il ne marque aucune surprise, demeure absolument impassible. Je me suis redressée, impossible de demeurer en face de lui pour ruminer des pensées subversives, des pulsions humiliantes qui nient ma condition de femme libre.

Il y a le choc d'une porte qui claque, à quelques mètres de notre parloir ; je me mets à rire, sans pouvoir me retenir, à rire comme une démente. Je ris, je cède cette manche au meneur, je la lui cède sans combattre. Je ris de ma présence dans cette prison, de mon deuxième face-à-face avec un assassin mutique, des pensées qui me traversent.

Pourtant, je suis là. Pourtant, le désir de ses lèvres m'a remuée.

Pendant que je ris, il ne bouge pas. Je repère une mouche de mon côté du parloir, je ne l'avais pas vue, ni entendue. Elle s'est posée sur la vitre qui nous sépare, qui me protège, dans l'angle supérieur gauche, fait quelques pas vers le sol, s'est envolée. Je ne peux plus me concentrer sur autre chose que son vol, le bruissement de ses ailes, l'intolérable intensité qu'il produit lorsqu'il s'approche de mes oreilles. L'insecte se pose sur ma main droite, s'éloigne, se repose sur la tablette. À quelques millimètres de mon annulaire sans alliance. Je n'ai pas le souvenir d'avoir été si concentrée sur un geste : d'un coup, je décolle la main et écrase la mouche ; le bruit me fait sursauter.

– Raté.

Sa voix ; lors de notre première rencontre à la prison, elle ne m'avait rien évoqué. J'étais focalisée sur trop d'autres choses. Deux séances sans paroles m'ont aguerrie. Je la ressens identique à ce qu'elle était ce soir d'août, chargée des mêmes menaces dont je me sens inexplicablement protégée. La mouche ne se pose plus, bourdonne autour de moi comme pour se venger de mon attentat raté.

– Tout va bien ?

Le bruit de ma claque sur la table a attiré le maton, qui entrouvre la porte.

– De toute façon, la demi-heure est écoulée.

Je me lève, lisse ma robe. La porte, de mon côté, s'ouvre à son tour, la mouche s'y engouffre. Je ne dis pas au revoir au meneur, je ne me retourne pas pour le voir s'éloigner, comme le font sans doute les autres femmes qui m'ont accompagnée dans le bus. Ma liberté explose à la gueule du meneur, je m'en sens presque coupable. J'atteins la porte, sous le regard vide du maton qui me reconduira jusqu'à l'accueil.

– C'est parce que t'as pas eu peur. Ça s'est vu, que t'avais pas peur. Je respecte ça.

Je ne me retourne pas. Une contrariété, ou de la haine, passe sur les traits du maton. Puis c'est fini. Je vais quitter la prison, y revenir dans trois jours. Peut-être que dans mon dos, l'autre maton brusque le meneur pour lui faire quitter la pièce, le punit pour cette phrase ajoutée au temps imparti pour les échanges.

– Et parce que t'étais vieille, aussi.

Je sais le rictus qu'il a. Une voix se superpose à la sienne à la fin de sa phrase, *ta gueule !* Un claquement de porte qui ne m'empêche pas d'entendre chaque mot, l'impact de ces mots mauvais d'un gamin qui se venge, l'impact qui me blesse alors qu'il ne le faudrait pas. La haine, sans aucun doute possible cette fois, sur le visage de mon accompagnateur. Les insultes qu'il se retient de me lancer à la gueule. *Tout ça c'est de la faute aux salopes comme vous.*

Une fois dehors je pleure. Je ne peux m'en empêcher à cause de ce mot, *vieille*, de la violence avec laquelle je l'ai subi. Je m'en veux d'être si faible que ce mot voulu pour me briser y soit parvenu. Plusieurs femmes passent en baissant les yeux, une enfin me prend le bras, me conduit vers l'arrêt de bus en me glissant des paroles apaisantes que je ne comprends pas. Que je ne mérite pas.

Dans le bus, ma colère décroît. En quelques centaines de mètres, elle disparaît. Je descends à l'arrêt *Plages*. Dans un sac en toile, j'ai emporté une serviette et un maillot de bain une pièce. Je me contorsionne pour l'enfiler le plus discrètement possible, même si la présence de naturistes parmi les corps allongés sur le sable pourrait me dispenser de ces gesticulations. Derrière moi, entre deux dunes, je pourrais apercevoir si je me retournais l'enceinte de la prison où je me suis trouvée assise en face du meneur, le sac en toile posé à mes pieds. Je ne me retourne pas.

Sur la plage, il n'y a que des hommes. Ça ne me dérange pas qu'ils ne me regardent pas.

Le ballon d'un gamin atterrit sur mon ventre, y rebondit avec un bruit mat en laissant sur ma peau des grains de sables irritants.

– Pardon madame, je suis vraiment désolé.

Je lui tends son jouet en souriant. Un type à quelques mètres lui adresse des reproches, m'envoie un signe de la main pour se dédouaner du culot de son fils, confisque le ballon. L'enfant ne proteste pas, se rabat sur la mer où il s'ébat, seul parmi des types aux physiques sculptés. L'homme à côté du père soupire, lui prend la main.

C'est moi qui regarde les autres, désormais. Moi qui me repais des corps masculins allongés à portée de main. Je pourrais me lever et serpenter autour des serviettes de bain, émettre des sifflements d'admiration. Faire claquer ma paume sur un fessier musclé. Je n'aurais plus besoin de retourner à la prison, dans trois jours. Tout sentiment de revanche s'est dissipé dans les roulis du bus qui m'éloignait de la maison d'arrêt.

Les bruits de la plage se distordent. Les reliefs du sable sous ma serviette se font plus prégnants. Le meneur est à côté de moi, tout à coup, en maillot de bain lui aussi, le corps impeccable comme celui des anonymes qui nous entourent, comme celui du type dont j'ai fouillé la table de chevet pendant qu'il se douchait, il y a deux jours.

Je lui crie qu'il n'a pas le droit d'être libre et exhibé devant mes yeux. Les orteils plantés dans le sable, les paupières closes pour se protéger du soleil, le torse conquérant. Je me lève, lance mes pieds dans ses côtes. Il a ce même sourire qu'il m'a adressé dans le parloir, le même que dans le parc où déjà je le frappais. Ces lèvres qui me plaisent. Je m'acharne, bras et jambes emportés dans une furie punitive.

Mes gestes me réveillent. L'effet produit par les soubresauts de mon corps en proie au cauchemar m'emplit de honte. Je suis cette femme seule au milieu d'hommes plus jeunes, qui grogne et se désarticule sur sa serviette. Le gamin s'interpose entre le soleil et moi.

– Maintenant que tu es réveillée, tu veux jouer au ballon avec moi ?

Le père se redresse sur un coude, prend une mimique outrée :

– Julien ! Veux-tu laisser la dame tranquille ?

Le gamin ne bouge pas, balle tendue à bout de bras. Quelque chose dans son attitude, dans son regard, *qui dissuade*. Une *dureté*. Je me lève, indique au père que je ne m'offusque pas, que je suis prête à jouer au ballon. À me mêler aux activités de la foule, quel que soit le spectacle que je viens de lui offrir, le ridicule dont je me suis couverte, mes cauchemars de femme perdue.

Le soleil me brûle les épaules, j'aurais dû les enduire de crème avant d'accepter la proposition de Julien. Il m'entraîne vers la naissance des dunes, se place face à la lumière, *pour que je ne sois pas éblouie et que je ne manque pas la balle*. Il doit avoir neuf, dix ans ; un corps maigre et musclé, le front obstiné. Une *dureté*. J'essaie de ne pas penser à l'homme qu'il deviendra, semblable à ceux qui se baignent, aux femmes qu'il séduira. Sa concentration est intense, ses gestes nets et précis. Je me sens maladroite, manque plusieurs passes. La force requise pour renvoyer le ballon se refuse à mes doigts. À chacun de mes échecs, il se précipite pour le ramasser, me dit que ce n'est pas grave.

– Vous devriez mettre vos mains plus en avant, à hauteur du visage, comme ça.

Je lui obéis. Mon jeu s'améliore, nous enchaînons une vingtaine de passes. Je ne me souviens pas avoir jamais joué au ballon sur la plage avec Zoé ou Clara. Dans leurs premières années, j'abandonnais ce rôle à leur père. Puis je les ai laissées s'amuser seules, ou avec d'autres enfants.

– Tu veux qu'on aille se baigner ?

Je refuse.

– Tu as quel âge ?

Je le fixe longuement sans répondre, pour lui faire comprendre que sa question n'est pas appropriée. Il soutient mon regard, attend une réponse. Une *dureté*, oui, similaire sans doute à celle que j'avais opposée aux garçons qui me rackettaient au collège. Son père ne l'a pas entendu, ne peut pas le rappeler à l'ordre pour lui signifier qu'on ne demande pas son âge à une dame.

– J'ai soixante ans.

Il s'élance vers la mer. Quarante, cinquante, soixante, pour lui c'est la même chose. Un concept trop au-delà de sa jeunesse pour être appréhendé. Il ne sait pas la transgression que représentent pour moi ces années ajoutées à mon âge réel. Les sonorités du chiffre ricochent dans ma bouche, *soixante, soixante, soixante*. Je remue les lèvres dans le vide, pareille aux vieilles qui psalmodient dans les Ehpad.

Je répète mon imposture à voix haute, en direction des dunes :

– J'ai soixante ans.

Derrière moi, il y a la prison de Villeneuve-lès-Maguelone, où je ne retournerai pas.

Les noms défilent sur l'interphone. Chacun d'eux pourrait correspondre au patronyme de l'inconnu, m'en apprendrait autant sur lui que l'unique nuit passée en sa compagnie. J'ai reconnu la rue en déambulant au hasard, parmi les touristes en quête des plaisirs d'août. Je sens monter l'envie de fantasmer sur un nom, de tomber amoureuse, de me confronter au corps de mon amant de l'avant-veille. Je ne suis pas folle au point d'appuyer au hasard sur un des boutons, mais j'attends, certaine que quelque chose se produira, la même certitude qu'en 1986 quand j'ai croisé le regard de Jacques, la même certitude qu'au cours des situations d'agression qu'il m'a été donné de vivre. Celles que je pense être les fenêtres de l'appartement où j'ai passé la moitié d'une nuit l'avant-veille sont éteintes.

Je suis adossée au mur depuis moins d'un quart d'heure quand l'inconnu se matérialise devant la porte.

– Ne vous inquiétez pas, je ne…

– Je ne suis pas inquiet.

Dans l'ascenseur, nous ne nous disons rien. Nous nous observons par le biais du miroir qui emplit la paroi opposée à la porte. Le désir monte, comme je ne me souviens plus de l'avoir éprouvé depuis l'adolescence ; incomparable avec l'excitation résignée qui a préludé à mes retrouvailles sexuelles avec Jacques. Dans l'appartement, l'inconnu me sert un verre de vin blanc, met en marche la radio, pose sa veste sur un fauteuil. La musique ne me plaît pas, trop rythmée, trop semblable à celles qu'écoutent mes filles. Nous trinquons. Le type me sourit, j'ai l'envie tout à coup qu'il m'entraîne dans sa chambre, qu'il extirpe de sa table de chevet les accessoires qu'il utilise avec d'autres.

– J'aurais pu ne pas être seul.

Ça ne sonne pas comme un reproche. Son intonation est chargée du même étonnement que celle de ma mère quand elle évoque ce qui en moi *dissuade*.

– Demain je ne travaille pas, tu pourras rester.

Je tends mon verre pour qu'il l'emplisse à nouveau, je veux que l'ivresse me fasse oublier que ma peau sent le sable, le parloir des prisons, la transpiration. Qu'elle trahit ma vie et mes défauts. Je veux que l'ivresse annihile l'appréhension de me confronter à sa peau à lui, aux odeurs de sa journée. Le laisser plonger sa tête entre mes jambes sans me poser de question. Je vide le verre d'une traite, m'en ressers un troisième que je bois à peine moins rapidement que les deux précédents.

– Toi, tu n'es pas comme les autres.

J'oublie les mots de ma mère. Ceux de l'inconnu font écho à ce que j'ai entendu, ce matin, dans le parloir de la maison d'arrêt. *Je respecte ça.* À sa manière, lui aussi me respecte pour l'avoir attendu adossée au mur de son immeuble, sans certitude de son retour ; de sa disponibilité à m'accueillir. Je me souviens que ce matin la phrase qui a suivi faisait référence à mon âge, alors pour ne pas l'entendre à nouveau je prends la main du type, l'entraîne jusqu'à sa chambre. C'est encore moi qui après m'être déshabillée fais coulisser le tiroir de la table de chevet situé à la gauche du lit.

Il m'a dit qu'il allait acheter des croissants. Je marche nue dans son appartement, je n'éprouve pas de dégoût à l'image nette de mon corps renvoyée par les miroirs. Une certaine fierté d'avoir joui se diffuse sur les surfaces réfléchissantes de l'appartement. J'ai pris la décision de quitter Montpellier dans la matinée, après le petit déjeuner. Je me rendrai à la gare et attendrai le premier train pour Besançon, sans m'être renseignée sur les horaires. Je renonce à la troisième visite au parloir, à la possibilité de croiser Jacques au hasard d'une rue ; aux rêves déraisonnables d'ajouter d'autres nuits aux deux passées avec l'homme parti m'acheter des croissants. Qui se prénomme Jean-Michel.

– Je te l'avais dit la dernière fois, tu ne t'en souviens plus ?

J'ai aimé sa voix après l'amour, juste avant qu'on ne s'endorme dans les bras l'un de l'autre. Je me demande s'il serait indécent d'être encore nue à son retour, pas douchée. Jamais auparavant je ne me serais posé une telle question, jamais je n'aurais envisagé pouvoir ne pas m'habiller. Du haut d'une vitre, l'oblique du soleil fait briller quelques lattes du parquet, répercute des taches de lumière aux murs, sur ma peau.

Comme l'été dernier chez Jacques, j'ouvre les tiroirs de la cuisine, inspecte les contenus des placards et du frigidaire. Les produits ne sont pas les mêmes que ceux que je consomme, la vaisselle ne correspond pas à mes goûts. Il n'y a pas de vue sur Montpellier, pas de balcon, juste la perspective bouchée des immeubles de l'autre côté de la rue, et depuis la salle de bain une cour jonchée de détritus et de déjections d'oiseaux. Un soleil morcelé qui pourtant m'éclaire plus que celui qui explosait dans la baie vitrée du salon de Jacques. Je me demande dans quel appartement vivait le meneur avant d'intégrer la prison, quel type d'assiettes et de bols emplissaient ses placards, sur quoi ouvraient ses fenêtres. S'il s'est un jour réjoui du soleil sur sa peau. C'est dommage de me priver de la possibilité de lui poser la question, de renoncer à la troisième visite.

L'an dernier, j'ai appelé ma mère, après m'être réveillée dans l'appartement de Jacques. Il me paraît indispensable de reproduire ce geste chez Jean-Michel.

– Allô ?

Je ne prononce aucun mot. Le téléphone de ma mère ne lui permet pas de savoir qui l'appelle. Il n'est pas encore neuf heures, je me la représente dans son appartement, levée, douchée, habillée depuis l'aube. Jamais je n'ai tenté de me figurer autant que ce matin à quoi elle utilise ces heures précoces, les gestes qu'elle accomplit pour dissiper le vide de ses journées. Elle n'a pas dû ouvrir ses volets pour se prémunir de la chaleur, la poussière est soulignée par les rayons diminués qui percent les interstices du bois. Ce qui emplissait la vie du meneur avant le meurtre, je l'ai pareillement ignoré. Je n'ai retenu de lui qu'une menace dans ma nuit, les fantasmes que j'ai plaqués sur le crime qu'il a commis, sa silhouette dans le parloir. La jubilation d'avoir reconnu son visage. Rien qui m'aurait permis d'accéder à de l'empathie, à de la compréhension. Des années qui ont composé la vie de Jacques entre notre séparation et les retrouvailles que je lui ai imposées, je ne me suis pas souciée ; sur sa terrasse, j'ai disserté sur nos carrières, mes enfants, l'emplacement de son appartement qui témoignait d'une certaine réussite sociale.

Accroupie nue dans un angle de la chambre de Jean-Michel, le téléphone collé à mon oreille, je réalise que je ne m'intéresse pas aux autres ; les critiques de ma mère et de mon ex-mari, celles que m'adresseront mes filles à leur tour, sont fondées. Je ne trompe personne en transportant leurs photos dans mon portefeuille.

– Qu'est-ce qui se passe ? Pourquoi tu ne dis rien ?

Je frissonne de savoir qu'elle m'a reconnue. Sa perspicacité m'accable, me dénie toute possibilité de fuite, de dissimulation. Efface la joie apportée par les jeux du soleil sur ma peau.

– Je sais que c'est toi.

Après un nouveau silence, elle répète : *Je sais que c'est toi.* Fait suivre cette affirmation de mon prénom.

Depuis combien de temps ne l'a-t-elle pas prononcé ? Il y a dans sa voix une appréhension que je n'ai jamais perçue. Je scrute mon corps dans la porte-miroir d'une armoire coulissante qui me fait face. Des rougeurs disgracieuses aux genoux. La peau flasque sous le bras qui maintient le téléphone à hauteur de l'oreille droite. L'inutile chatoiement de la lumière sur mes seins, mon ventre, une cheville. Mon sexe nu à quelques centimètres du sol.

La porte de l'entrée s'ouvre. Les pas de Jean-Michel s'approchent, la longueur du couloir me laisserait le temps de me relever, de ne pas lui offrir le spectacle d'une inconnue fanée accroupie dans sa chambre. Je me contente, d'une pression de l'index, de raccrocher au nez de ma mère qui n'a rien ajouté après avoir prononcé mon prénom, que j'ai entendue respirer péniblement jusqu'à ce que la tonalité de l'opérateur succède à son souffle.

– Qu'est-ce que tu fais ?

Je mens, je lui indique d'un geste que je suis encore en communication. Il ne paraît ni surpris par ma posture, ni choqué que je lui intime de se taire. Il se dirige vers la cuisine. J'articule pour un interlocuteur inventé :

– Je dois te laisser maintenant.

J'enfile une culotte et un tee-shirt, rejoins Jean-Michel pour le petit déjeuner. Il me demande si je préfère mes croissants aux amandes ou au chocolat.

Des trois bars que j'ai dépassés, aucun ne correspond à l'image que je m'étais faite du lieu où je voulais perdre les trois heures qui me séparent du départ. Il aurait fallu pousser les portes, comparer les ambiances, différencier les clientèles. Faute d'audace pour cette enquête, je me décide pour celui qui affiche une enseigne PMU.

Une dizaine de clients, silencieux, sont assis seuls à des tables rapprochées les unes des autres. La proximité leur tient lieu de convivialité. La voix du speaker égrène le classement d'une course hippique en cours. Son débit est exempt de toute trace d'enthousiasme. Je me serais attendue à plus de vitalité autour du comptoir, des accents du Sud qui se seraient entrechoqués entre les murs.

Une femme me demande ce que je veux.

– Un café.

J'ai répondu sans réfléchir.

– Un thé au lait, plutôt. Pardon.

Elle hausse les épaules, comme si mon indécision l'exaspérait. Elle me dévisage quelques secondes supplémentaires pour s'assurer que je ne changerai plus d'avis.

Je m'installe à la table la plus isolée, face à la salle. L'écran au-dessus du comptoir diffuse à présent l'interview d'un jockey, casaque à carreaux rouges et noirs, toque verte prolongée d'une visière.

– Voilà.

Elle dépose sur la table une tasse de lait moussant, un sachet de thé sur une assiette. Au même moment, deux, puis trois clients donnent mollement de la voix pour soutenir un cheval, *allez, pousse !* Je ne parviens pas à déterminer lesquels s'expriment parmi les consommateurs présents, ils me tournent tous le dos, les yeux rivés à l'écran. *Ça va être bon, ça va être bon, pousse, mon gars.* Je me demande s'ils ont tous misé sur le même attelage, inspirés par l'identique tuyau du quotidien local. Malgré moi, je regarde la fin de la course. L'effort des chevaux dispense en moi une sensation d'épuisement, j'aimerais que l'épreuve se termine. Les clients se sont tus, les équidés franchissent l'arrivée dans le silence du PMU.

– Ça ne vous convient pas ?

J'interroge la femme du regard.

– Le thé au lait, ça ne vous convient pas ? Vous avez fait une grimace.

Elle se tient debout devant moi, les mains sur les hanches, dans une posture d'hostilité. Je lui assure que tout va bien, elle semble ne me croire qu'à regret.

La caméra zoome sur l'encolure de la jument victorieuse, *Modern Princess*, que la main du jockey frappe de trois caresses en forme de compliments. En entendant l'interpellation de la serveuse, quelques types se sont tournés vers nous ; certains ne se gênent pas pour fixer mes jambes, l'échancrure de mon débardeur. Je ne perçois pas de danger dans leur insistance, seulement la même curiosité résignée que pour les courses qui se succèdent à l'écran, sans espoir d'enrichissement ou de concrétisation de leurs désirs.

Dans son appartement, Jean-Michel commence à envisager que je ne reviendrai pas. Il subit cet événement banal d'une partenaire partie acheter un paquet de cigarettes et jamais réapparue. Vers le milieu de l'après-midi, il nettoiera les tasses du petit déjeuner, changera les draps du lit. Avec le temps, il en viendra à considérer mon passage dans son appartement comme un fantasme, ou une fiction.

Une nouvelle course a débuté. Le speaker ânonne que *Spirit of the river*, pourtant donné favori, a du mal à suivre la cadence. Il se fait distancer par le 8, *Sanchez-Vicario*, et même par le 2, *Thunder of Tchernobyl*, sur lequel personne n'aurait misé avant le début de la course.

– Oh putain, le 2, j'en étais sûr.

C'est le premier cri que j'entends depuis mon arrivée dans le bar. Je repère celui qui le prononce, il l'accompagne d'un geste violent de la main. Son esclandre libère la parole des autres, qui se mettent à parler plus fort eux aussi, à maudire *Spirit of the river,* sur lequel ils avaient fondé des espoirs et investi leurs mises. Même la serveuse y va de son commentaire. *Thunder of Tchernobyl, quelle idée quand même.* Son accent occitan est plus prononcé que lorsqu'elle s'est adressée à moi. Quelques clients ricanent.

Je traverse le bar jusqu'aux toilettes. Derrière la porte réservée aux femmes, je m'assieds sur la cuvette sans l'avoir au préalable nettoyée, jupe remontée sur les hanches. Les commentaires du speaker me parviennent atténués à travers les parois des murs. Je perçois le raclement d'une chaise, le cliquetis de la caisse qui témoigne de l'encaissement d'un pari. Je me relève. Ma nudité partielle m'intrigue. Il y a une trace rouge sous mes cuisses. Je m'essuie plus longuement que de raison, le geste finit par ressembler à une masturbation.

Je me reprends, juste avant la folie.

Je regagne ma place, la tasse vide. Personne n'a touché à mon sac abandonné sur la banquette.

Je regarde ma montre : il manque deux heures quarante au départ de mon train. Je ne quitterai le bar qu'à la dernière minute, je ne veux plus rien connaître d'autre de Montpellier pour l'été 2010. Je lève la main pour commander un autre thé, malgré la saveur poisseuse du lait moussant que le sachet n'a pas suffi à parfumer.

MONTPELLIER
6 AU 10 AOÛT 2011

Le responsable du camping de Villeneuve-lès-Maguelone me tend les clefs du mobil-home, m'indique d'une croix son emplacement sur un plan photocopié. Il me demande de revenir avec les documents à signer : bail provisoire et attestation d'assurance. Mon front est gras de transpiration, je l'éponge d'un revers de l'avant-bras. Ce geste pourrait être sensuel, mais le responsable du camping ne semble pas prêter attention à mes attitudes. D'autres touristes attendent leurs trousseaux. Ils triturent entre leurs mains les formulaires qu'ils ont imprimés chez eux et préremplis, comme le préconise le règlement du site disponible sur internet.

Je me dirige vers le mobil-home n° 23 que j'ai réservé pour une semaine. Je sais pourquoi je suis revenue. Ça confère à mes pas dans l'allée centrale une évidence qui m'avait désertée depuis le soir de l'agression. Le futur immédiat se déploie avec netteté, chasse les doutes de l'année écoulée. La poussière se dépose sur le cuir des chaussures que j'ai utilisées pour conduire, s'insinue entre les orteils.

À l'intérieur du mobil-home, la chaleur est intolérable. Le responsable m'a prévenue. J'enclenche le ventilateur. J'essaie de me souvenir si une quinzaine d'années plus tôt la caravane que j'occupais avec mes filles était conçue de la même manière. Je fais un effort pour tenter de ramener les babillages de Clara et Zoé, leurs cris quand elles ont découvert leur chambre, la cabine de douche, le tiroir empli de draps et les coussins sous la banquette. L'image de ce passé où j'étais pleinement mère refuse de se superposer à celle d'aujourd'hui. Pourtant il y a les mêmes secondes suspendues au cours desquelles la vie semble irréelle entre les murs de plastique surchauffé. Je ferme les yeux en espérant faire disparaître la perspective des jours à venir, le harcèlement du soleil, l'excitation des autres vacanciers.

Je me débarrasse de mon sac à dos sur la table en formica ; dans l'air compact, l'odeur des produits d'entretien bon marché. J'avale une gorgée d'eau tiède à même la bouteille qui m'a accompagnée depuis Besançon, me laisse tomber sur le canapé.

Je ne suis pas pressée. Le projet qui m'a amenée ici, à quelques kilomètres de la maison d'arrêt, n'impose aucune urgence pour cette journée qui ne compte pas. Il n'y a que les formalités d'entrée à accomplir, les gestes usuels d'une touriste qui prend possession de son lieu de villégiature, mes derniers pas dans la normalité. Je demeure assise longtemps à fixer la porte en contreplaqué blanc qui donne sur une terrasse en bois où je ne prendrai pas le frais, ni n'inviterai mes voisins à partager un apéritif.

Ensuite, d'autant plus méthodiquement que ça ne présente aucune utilité, j'inspecte le contenu des placards, la décoration des pièces, l'agencement général du mobil-home. Je m'accroupis pour traquer sous les lits les traces de ce que les précédents occupants ont oublié, ne déniche qu'un mouchoir en papier dans la chambre aux deux couchages simples, celle qu'auraient occupée mes filles si je leur avais proposé de m'accompagner ; identique, à peu de chose près, à celle où elles ont passé six nuits à côté de moi à la fin du siècle dernier. Je porte le mouchoir à mon nez, l'en éloigne avec un geste de dégoût : je ne dois pas me laisser déborder par la folie. La réussite de mon projet exige que je demeure maîtresse de mon comportement.

Pour me mettre en conformité avec le règlement du camping, je fournis au responsable les justificatifs que j'aurais dû préparer à réception de son mail. J'extrais de mon coffre la valise dont les deux tiers du contenu ne me serviront pas, emplis les placards, dispose mes produits de beauté sur les étagères incandescentes de la salle de bain.

À 17h, mon installation est terminée : je n'ai pas envie de prendre ma voiture pour aller jusqu'à la plage ; pas envie de partager la piscine avec les autres occupants du camping. J'emplis un verre d'eau, m'installe sur la terrasse en bois que je ne pensais pas utiliser.

Devant moi, trois rangées de caravanes aux formes identiques, puis une haie de cyprès qui trace la frontière avec un quartier résidentiel desservi par le bus 32 qui relie Montpellier à la maison d'arrêt. Sur les terrasses, des nappes oscillent sous le souffle d'une brise marine qui n'apporte aucune fraîcheur. L'eau dans mon verre a gagné quelques degrés, me provoque un haut-le-cœur quand j'essaie de la boire.

Un oiseau se pose sur une marche de l'escalier, il ne m'a pas remarquée. Son bec plonge dans un interstice des lattes pour en arracher une miette abandonnée par les occupants précédents, je le vois déglutir puis s'envoler. Je le suis des yeux jusqu'à ce qu'il disparaisse derrière les cyprès.

Je décide de prendre mon premier repas dans le restaurant du camping ; de jouer la comédie qu'impose le lieu. Je prépare une tenue pour la soirée, me dirige vers la cabine de douche. L'indigence du débit me contrarie. J'avais espéré un jet violent pour dissiper la fatigue du voyage. Un filet d'eau goutte poussivement sur mon crâne, échoue à recouvrir mon corps dans sa totalité. D'infimes rigoles se fraient un chemin sur mes bras, mon ventre, mes cuisses, ne parviennent pas à faire mousser le savon qui poisse contre ma peau. Les mouvements de mes mains sur mon corps ont quelque chose d'indécent, une absence de naturel qui les fait ressembler à un acte sexuel non désiré. Je dois pourtant subir le chatouillement inachevé de la douche jusqu'à avoir éliminé toute trace du produit sur ma peau. Je me sèche avec une vigueur décuplée par la frustration. Des larmes jaillissent au moment où je me regarde dans le miroir de la salle de bain, écarlate, nue, échevelée, vieillissante.

Dans le miroir, après le maquillage, je ne me donne plus d'âge. Je mime le sourire que j'aurai en m'installant à la table du restaurant, me trouve raisonnablement séduisante. Je fais le geste de rendre au serveur la carte, je sais ce que je veux, comme je connais les raisons qui m'ont ramenée dans l'Hérault, pour la troisième année de suite.

Le 6 août 2009, à la même heure, je cherchais le nom de Jacques sur l'interphone. Après le claquement métallique qui me signifiait l'ouverture de la porte, je prenais l'ascenseur. *4e étage*, avait énoncé une voix qui vingt ans plus tôt m'avait murmuré que j'étais plus belle que l'héroïne d'*Opening Night*. Il m'avait attendue toutes ces années, il me l'avait promis et je n'avais pas douté. Je l'avais appelé le dernier jour de l'année scolaire : mes filles venaient de me faire comprendre qu'elles n'avaient pas envie de passer leurs vacances avec moi, elles préféraient rester seules dans l'appartement. Le séjour qu'elles feraient avec leur père en Écosse leur suffisait.

6 août 2011. Vingt-et-une heures. Je dîne seule dans le restaurant du camping de Villeneuve-lès Maguelone. Jupe claire, tee-shirt échancré. Mes gestes sont ceux que j'ai répétés devant le miroir.

– Le plat du jour, s'il vous plaît. Avec un demi rosé.

Le sourire du serveur me suffit. Je ne m'intéresse pas aux clients des tables voisines. Je fixe l'estrade où se produira en seconde partie de soirée un orchestre tzigane. Je me concentre sur les bouchées que j'avale, jusqu'au début du spectacle.

La musique vibre autour de moi comme un adieu à ma vie antérieure. Les mouvements éveillent une nostalgie à laquelle je ne m'attendais pas.

– C'est offert par la maison.

Il n'y a plus que quelques tables occupées. Des gamins se poursuivent sans conviction autour de l'estrade. Les airs sont tristes, les couples de danseurs se sont retirés de la scène. Le mauvais *limoncello* me fait grimacer, ce n'est pas de ça dont j'aurais eu envie. J'attends pour partir que tous les autres clients aient quitté le restaurant. Je rassure d'un geste le serveur sur mes intentions, il comprend que je ne m'attarderai pas. Que je tiens juste à quitter les lieux la dernière, pendant que les faux Tziganes rangent leurs instruments et que le personnel vaporise un désinfectant au parfum de citronnelle sur les nappes en plastique.

Aucune lumière à l'intérieur du mobil-home, le clair de lune et le halo d'un lampadaire suffisent pour appréhender les reliefs des meubles. Sur la table du salon, une infusion tiédit. Ce pourrait être le spectacle d'une femme au premier soir de ses vacances : elle se serait mêlée aux clients du camping, n'aurait lié connaissance avec aucun, se promettrait d'essayer à nouveau le lendemain. Elle aurait l'espoir de rencontres sur la plage, l'ambition de séduire un homme, d'entretenir avec lui une relation adultère à l'heure de la sieste des enfants.

Un moustique se pose sur mon oreille, je l'entends vibrer à côté de mes tympans. Je perçois l'impact infime de ses pattes contre mon lobe, je n'ai aucun geste pour le chasser. Je me concentre pour ressentir sa piqure, contrôler la douleur.

Mes ambitions ne sont pas celles d'une femme qui cherche une liaison.

J'allume la télévision, son coupé. Après une succession d'images d'actualité une femme vêtue d'une chemise blanche, nattes remontées en couronne au dessus de la tête, avance dans ce qui pourrait être l'entrée d'un tribunal, ou d'une prison, entre des cohortes d'hommes à l'attitude menaçante.

Un bandeau précise qu'il s'agit de l'ex-Première ministre ukrainienne. Quand la caméra revient sur le présentateur, j'aperçois l'heure en bas à droite de l'écran. Il y a deux ans, jour pour jour, j'affrontais le meneur. J'aimerais revenir au visage de la femme autrefois puissante, y traquer des indices de la manière dont elle tient tête aux hommes qui l'entourent, ce qui en elle *dissuade,* mais la télévision est passée aux prévisions météorologiques.

Dans l'allée, trois adolescents passent à côté de mon mobil-home en chantant, leurs timbres altérés par l'alcool. Des femmes plus responsables que moi se demandent dans les caravanes voisines si elles doivent entrouvrir leurs fenêtres pour leur crier de faire moins de bruit. Leur tapage ne ramène aucune nostalgie de ma jeunesse, aucun souvenir des voix d'il y a deux ans. J'attends juste qu'ils se soient éloignés. J'observe le silence reprendre place dans l'habitacle, se déposer sur mes mains dont l'obscurité souligne de noir les veines à peine saillantes.

Je pourrais mettre dès cette nuit mon projet à exécution.

Je roule en direction de Montpellier. Je laisse dans mon dos, masquée par les boursouflures du sol, la maison d'arrêt, érigée comme une ponctuation au bord de la départementale 185. Sur cette même départementale, j'ai probablement acheté des fruits de saison à mes filles qui réclamaient leur goûter, à la fin des années 1990. Les strates de souvenirs s'imbriquent et se superposent sous l'obstination abrutissante du soleil.

Je ralentis sans m'en rendre compte. Derrière moi une voiture s'exaspère ; prend un risque pour me dépasser. J'entrevois l'expression furieuse du conducteur, le geste qu'il m'adresse. Il y a l'éclat de la tôle bleue de son 4 × 4 quand il se rabat devant moi, l'appel de phares du camion qu'il a évité de justesse.

J'immobilise ma voiture sur une des aires d'arrêt qui bordent la nationale. Dans le reflet du rétroviseur, les vitres renvoient des images inversées de la route et du soleil. Je m'adosse à la portière brûlante, des véhicules me frôlent, me forcent à cligner des yeux pour échapper au vacarme qu'ils produisent, à la poussière qu'ils soulèvent. Je pose une main sur ma poitrine, la fais glisser de quelques centimètres, accentue le décolleté de mon chemisier. J'avance un pied en direction de la route, vers la limite sombre du bitume. Des épines crissent au sol, la pointe de mes espadrilles frôle la départementale. Il y a le vrombissement d'un semi-remorque que je n'ai pas entendu arriver, le hurlement de son klaxon. La matière indéfinissable du 38 tonnes se déploie, me coupe la respiration, vrille l'ensemble de mes fonctions vitales. Quand il m'a dépassée, je me jette en arrière comme si je venais d'échapper à la mort.

Je fonds en larmes, n'essuie pas mes yeux. Ceux qui me dépassent voient ça, une femme qui pleure, jupe claire, chemisier entrouvert. Parmi les véhicules qui défilent, il pourrait y avoir le meneur dans un fourgon qu'on conduirait à Montpellier pour un interrogatoire ou une confrontation avec ses complices.

Quand je reprends ma place au volant, il ne reste rien des hallucinations auxquelles j'ai cédé sur l'aire d'arrêt. Je me tiens droite sur mon siège, obéis aux panneaux de signalisation. Je me dirige sans hésitation dans les faubourgs de la ville, vers son centre jusqu'au parking de la Comédie où j'ai prévu de stationner.

Les gestes que j'accomplis pour fermer la portière, appeler l'ascenseur, traverser la place, me rendent insoupçonnable jusqu'à mes propres yeux. Je peux vaquer dans les rues jusqu'à l'heure que je me suis fixée.

Il y a l'air tiède du milieu de la nuit, quelques moteurs en écho, le bourdonnement des télévisions à l'intérieur des immeubles ; le bruit de mes pas et le parfum de chèvrefeuille. Je reconnais le décor, il ne m'inspire rien.

Je suis le trajet du meneur avant qu'il ne me rencontre. Derrière le coude du trottoir, une femme s'approche dont il ne sait rien, à moins qu'il n'ait déjà établi son projet meurtrier, passé sa soirée à tenter de se représenter avec ses amis à quoi ressemblerait la proie, la terreur qu'elle aurait d'eux. Pas une vieille. Pas une dont l'haleine trahit une consommation récente d'alcool, qui tend des photographies de ses filles et remballe dans son sac un paquet de Marlboro. Une comme ça, ils se contenteront de la contourner après quelques bousculades.

Connasse.

Je me surprends à tendre le cou pour deviner cette femme que les tueurs traquent, m'apercevoir comme je leur suis apparue il y a deux ans, si dissemblable de celle qu'ils espéraient. J'éprouve une déception rétroactive à l'idée de ma propre image, de ma banalité de célibataire défraîchie revenant d'un rendez-vous avorté. Je ralentis, pour ne pas risquer de me croiser.

Il n'y a personne à l'endroit où les tueurs m'ont trouvée. J'avance à contrecœur sur le trottoir désert : cette fois je reconnais les lieux, je reconnais tellement tout que le passé vacille ; si je cligne des yeux je pourrai me découvrir rajeunie de deux ans, me mettre en garde contre les risques qui m'attendent à me promener seule. Devenir furieuse des deux photos que je me tends, de ce qui en moi dissuade et que je perçois comme une provocation.

Je ne cligne pas des yeux. Le trottoir devant moi demeure rigoureusement identique à la manière dont il m'est apparu il y a deux ans, à l'exception de ce détail : il est désert.

C'est important d'être revenue là. Je m'immobilise où le meneur s'est arrêté, c'est ce que j'avais prévu. Pas grand-chose d'autre : revenir sur les lieux de l'agression. Voir ce qui en découle.

Je tire de mon sac à main un paquet de cigarettes.

J'hésite.

Je le tends dans le vide.

– Je fume pas.

Je tremble à peine de m'être répondu, d'avoir prononcé cette phrase à voix haute ; de la ressemblance de mes intonations avec celles du meneur. Je fixe mes doigts qui vibrent sur le paquet de Marlboro. Il n'y a personne autour de moi, aucune fenêtre allumée aux vitres des immeubles les plus proches. Je prends une cigarette.

– Moi si.

Mes doigts ne parviennent pas à retirer la photo du portefeuille. Je voudrais fuir, mais je m'obstine, je lutte pour parvenir à brandir le cliché de mes filles devant moi.

– Je m'en fous, de tes filles.

Ce n'est pas ma voix. Je ne suis pas capable de descendre aussi bas dans les graves, de m'approprier un accent qui n'est pas le mien. J'éloigne ma main de mon visage, celle qui tient la cigarette, je la regarde comme si elle s'était détachée de moi, masquant l'angle de la rue qui permet de bifurquer vers la résidence de Jacques, l'immeuble hérissé de balcons où les hommes servent des *limoncello* aux femmes qui viennent les relancer.

Je me surprends à rire, cette fois j'identifie mon propre rire, il m'effraie plus que la voix du meneur plaquée à mes cordes vocales.

– Salope.

Je lance le mot dans la rue déserte. De la main gauche, je relève ma jupe. Une voiture passe, ralentit, s'éloigne, c'est banal cette scène de femme qui brandit une cigarette devant elle, dévoile le haut de ses cuisses, attend des conducteurs qu'ils fassent marche arrière.

J'essaie de reprendre pied. Je suis revenue pour me confronter au lieu de l'agression. J'ai aussi prévu, demain, de me rendre sur le lieu du meurtre. J'ai localisé l'endroit sur internet, zoomé sur le trottoir où le corps de la fille a été abandonné. Je connais l'itinéraire.

Pour ce soir, c'en est assez.

Demain : le lieu du meurtre.

Après je ne sais plus.

J'improviserai.

J'emprunte la trajectoire du bus 32, celle qui conduit à la prison. Je bifurque en direction des plages, m'éloigne des murs rehaussés de barbelés, des bouquets de lavande qui bordent les escaliers ; des visiteuses en procession et des types en survêtement dans leurs cellules. Je me gare sur le parking payant ; comme les hommes et les femmes à côté de moi, j'extrais du coffre un sac de plage, m'assure d'avoir verrouillé les portières, glisse la clef dans une poche à fermeture éclair.

La plage est caillouteuse, saturée de touristes. J'étends ma serviette entre une famille d'Europe du Nord et un couple de retraités serrés sous un parasol aux coloris fanés. Je garde les yeux ouverts sur le ciel, l'ouïe à l'affût des preuves de normalité qui jaillissent autour de moi. J'ai acheté le quotidien local au kiosque du camping, les faits divers m'offrent une forme d'euphorie. À la page des actualités internationales, je tombe sur la photo d'une femme en colère qui brandit une pancarte où est écrit *Justice for Mark Duggan.* Le nom et le prénom ont été insérés dans un cœur.

Mark Duggan a été tué par la police de Tottenham, qui le tenait pour membre d'un gang du nord de Londres, alors que ses proches le décrivent comme un honnête père de famille. Je cherche sur mon téléphone une photo de la victime, je trouve aussi celle de la femme qui lui manifeste son soutien. Je me demande si elle le connaissait, ou si elle fait partie d'un mouvement qui soutient systématiquement ceux que la police assassine. J'agrandis le cliché pour tenter de percevoir ce qui dans ses traits l'emporte, de la douleur intime ou de la colère collective. Son visage mal pixellisé me fait face dans l'écran étroit de mon portable, parmi les cris des gamins et le ronronnement des vagues. J'aimerais savoir où elle se trouve aujourd'hui, si elle a rangé sa pancarte dans un coin de son garage, si elle poursuit la mobilisation en espérant associer à sa rage d'autres citoyens ; si la mort d'un type de vingt-neuf ans a pu lui apparaître un seul instant comme une aubaine pour faire triompher ses idées, l'opportunité de déclencher un bouleversement des rapports de force.

Le retraité lit le même journal que moi. Sa femme est allée se baigner.

– C'est terrible, non, ce qu'ils ont fait ?

Il lève les yeux vers moi, replie son journal pour voir quel article j'indique d'un mouvement du menton. Il fronce les sourcils, sans que je sache ce qui le dérange le plus de mon interpellation ou de la mort de Mark Duggan. Il grommelle un lieu commun sur l'état du monde, replonge dans sa lecture, les pages du quotidien érigées comme un rempart entre nous. J'ai envie de lui parler du meneur, d'évoquer à cet anonyme ma connaissance de l'haleine du tueur, la manière dont je lui ai échappé. Je voudrais qu'il m'écoute. Qu'il me croie.

– Il y a tout juste deux ans, une fille a été tuée à Montpellier. Ça a fait les gros titres.

Les doigts du type se crispent sur le papier, il fait mine de ne pas m'avoir entendue. Je répète ma phrase, avance le torse vers l'espace qu'il s'était réservé avec son épouse, au sein duquel ils se pensaient à l'abri des agressions du monde.

– Le type qui a fait ça est enfermé juste à côté d'ici, à la maison d'arrêt de Villeneuve.

Il pose le quotidien à côté de lui sur la serviette, m'ignore, fixe l'endroit de la plage par où sa femme s'est éloignée, comme si par ce regard il avait le pouvoir de la faire revenir.

Effectivement, elle apparaît.

Debout devant lui, elle se sèche à l'aide d'un drap de bain aux motifs géométriques. Je les devine échanger quelques mots que je ne distingue pas.

L'homme se lève. Il extirpe le parasol du sable avec un effort qui fait trembler la chair de ses bras, range son journal dans un panier en osier. Scrute l'espace qu'ils occupaient pour s'assurer qu'ils n'ont rien oublié.

Ils quittent la plage sans un regard pour moi.

Il me semble que la place où je me gare est la même qu'hier, rigoureusement la même. Ça ne compte pas d'accomplir le trajet jusqu'au lieu de l'agression, ce n'est qu'une répétition. Je marche vite, ne ressens rien. Je ne marque pas l'arrêt à l'endroit où le meneur m'a interpellée.

Au premier pas que j'effectue dans la direction prise par mes agresseurs après qu'ils m'ont épargnée, j'entre dans un état nouveau. Mon genre s'altère. Je développe dans le balancement de mon propre corps quelque chose de masculin, une vigueur juvénile se plaque à mes mollets, précipite mon allure. Mes pensées sont plus claires.

La liberté explose, m'ôte des années, des poids aux épaules et de la tension dans les nerfs ; liberté d'avancer dans la direction qui a été celle du meneur après qu'il a refusé ma cigarette, de dominer l'asphalte du trottoir, d'être celui ou celle qu'on craint.

Il a détourné les yeux des photos de mes filles. Lâché dans l'air le mot *connasse*. Je ris. Dans la rue, je fais déferler le mot, le propulse dans l'air embaumé de chèvrefeuille. L'insulte ne m'atteint pas, se disperse dans les interstices herbeux des immeubles où se terrent les classes moyennes, les types qui croient que le *limoncello* suffit à reconquérir leur premier amour.

Je porte le survêtement que j'ai acheté en mai à Besançon dans une grande surface de la périphérie. Il était difficile ce jour-là de me figurer l'instant où je le porterais ; difficile d'envisager août dans les rayons standardisés du magasin, parmi les corps des anonymes qui auraient pu être celui du meneur, qui lui ressemblaient, qui ne s'intéressaient pas à ma silhouette de consommatrice. Aucun ne se doutait des raisons pour lesquelles je demeurais immobile, plus longtemps que de raison, devant l'alignement des survêtements, un des modèles serrés contre la poitrine et le cintre dont je l'avais retiré encore appendu à sa tringle, agité d'une oscillation dont j'avais attendu qu'elle cesse définitivement. *Tout va bien, madame ?* avait demandé un vendeur. Il n'avait pas vingt ans, me faisait face par une journée semblable à trop d'autres sous les lumières artificielles des plafonniers, au milieu des coloris trop vifs des tenues bon marché. Les consignes de son employeur ne prévoyaient pas le cas d'une cliente qui aurait pu être sa mère et qui serait restée figée devant des survêtements pour attendre l'immobilité retrouvée d'un cintre. Il n'existait pas de recommandation comportementale pour cette situation, pas d'attitude gagnant-gagnant à laquelle se référer.

Tout va bien, madame ?

Je pense à ce type qui s'est préoccupé de mon état, en mai. Je me demande ce qu'il penserait de moi s'il me voyait avancer dans le survêtement que je serrais sans bouger contre ma poitrine. *Tout va bien, merci.* Je ne me souvenais pas m'être adressée à quiconque avec autant de douceur depuis des années, mais je n'avais pas réussi à porter mes yeux sur lui. J'étais restée figée face au cintre dépouillé qui ne se balançait plus, aux tenues que d'autres viendraient acheter pour les usages attendus. J'avais mis toute la douceur dont j'étais capable dans ma voix pour qu'il comprenne à quel point je lui étais reconnaissante de sa sollicitude mais qu'il devait s'éloigner. Ce qu'il avait fini par faire.

Dans un monde où le hasard serait à la solde de ma volonté, je le croiserais ce soir à l'exact endroit où le meneur a étranglé sa victime. Il rentrerait, éméché, d'une soirée chez des amis, aurait tout juste abandonné le lit d'une fille, se projetterait seul et tranquille dans l'appartement qu'on lui aurait prêté. Ses premières vacances avec ce qu'il serait parvenu à économiser d'une année de paie dans la grande distribution sportive. Au détour d'une rue, là où trois ans plus tôt des policiers ont tracé à la craie les contours du corps d'une jeune femme, il croiserait une silhouette en survêtement. La silhouette et le survêtement lui évoqueraient de vagues réminiscences, sans qu'il ne parvienne à faire le lien entre les deux. Il n'éprouverait pas d'appréhension, ne serait pas surpris par la voix indéfinissable qui le mettrait en garde contre les dangers des promenades nocturnes en solitaire. Il aurait un sourire, tendrait son paquet de cigarettes. Dans ses veines coulerait encore la mémoire du corps de la fille, l'embrasement de la conquête, le sadisme à peu de frais de l'abandon. Je le trouverais beau et plongerais dans son ventre le couteau à la lame inusable répertorié dans le matériel du mobil-home de Villeneuve-lès-Maguelone. Je demeurerais quelques secondes à côté du corps qui s'affaisserait pour me repaître du choc contre le sol, m'étonner de la position étrange prise par l'agonisant, du bouillonnement du sang. Ensuite je m'enfuirais, il me semblerait que toute ma vie je n'aurais rêvé que de cette course. Mes pieds ne toucheraient plus le sol, la sensation de liberté serait au-delà de toute expérience, pas même altérée par la certitude que je ne la retrouverais plus après, que ce serait l'aboutissement de mon existence.

Je passerais à quelques mètres de l'immeuble de Jacques. Depuis son balcon, il percevrait le passage d'une silhouette qui lui déchirerait le ventre sans qu'il comprenne pourquoi. Il se pencherait contre la balustrade pour tenter de forcer l'obscurité, ne verrait rien, frôlerait seulement la possibilité d'un déséquilibre, d'une chute de cinq étages, de son crâne contre le bitume du parking. Il se rejetterait en arrière, se féliciterait de ses capacités à oublier si vite les ombres qui filent de chez lui, les filles de vingt ans dont il prenait le bras dans les ruelles au sortir des cinémas, l'attraction d'un basculement dans le vide.

Je ne m'arrêterais qu'à ma voiture.

Je reconnais le lieu, l'endroit du crime perpétré par le meneur dans la nuit du 6 août 2009. Sur internet, je l'ai visualisé sous tous les angles, me demandant si les photos dataient d'avant ou après le meurtre. J'ai zoomé sur le trottoir, à la recherche d'une ombre qui aurait confirmé la présence du sang, d'un tracé de craie.

Le lieu du crime est désert.

Un sentiment d'inutilité m'accable. Toute l'énergie qui m'a portée depuis un an, qui m'a permis de donner le change, même mal, à ma mère, mes filles et mes collègues, se cristallisait sur cet instant. J'imaginais une révélation. Des réponses.

Il n'y a rien.

Un décor banal dont les détails me sont familiers, jusqu'aux tags sur le rideau de fer baissé du bureau de tabac devant lequel une fille s'est effondrée. Je fixe cette image que sa rétine a enregistrée, à moins que la panique n'ait tout brouillé, qu'elle ne se soit raccrochée qu'à l'odeur de menthe dans la bouche du meneur, une odeur humaine et familière qui démentait les gestes qu'il accomplissait, laissait espérer que c'était un rêve, une altération de la réalité ; il y aurait pour elle d'autres pas dans la nuit, d'autres nuits de sommeil, pas juste un effondrement contre le trottoir et l'écho de la fuite de quatre types qu'elle ne connaissait pas, qu'elle n'a fait que croiser, qui n'auraient pas dû représenter son destin, un destin au visage qu'elle aurait pu juger séduisant en d'autres circonstances, qu'elle a peut-être jugé séduisant quand il lui est apparu à l'angle de la rue. La possibilité d'un flirt, a-t-elle pensé.

Ça s'est passé comme ça. Elle a trouvé le meneur à son goût et lui a souri. Il faisait doux. L'air de la nuit du 6 août 2009 prédisposait aux badinages, à l'exception de ceux qui avaient pour cadre le balcon compassé de l'immeuble de Jacques.

Elle me sourit. Elle a dans le regard quelque chose qui déclenche sans raison une colère, une rage dont l'intensité me stupéfie. Je l'ai ressentie, parfois, devant le visage de mes filles adolescentes quand elles s'opposaient à moi. Devant les expressions méprisantes de ma mère.

Elle s'immobilise. Il y a derrière elle un dessin obscène sur le rideau de fer d'un bureau de tabac, elle ne l'a pas remarqué, elle ne se rend pas compte que ça donne aux paroles qu'elle s'apprête à prononcer une impudeur intolérable. Je m'approche d'elle, son corps a un mouvement de recul. Son corps a compris avant elle mais elle n'y prend pas garde, elle lui intime de demeurer sur place, de se déployer pour attester de sa séduction. Elle se redresse et lève le cou pour faire saillir son visage qu'elle sait beau, vers lequel tant de garçons ont rêvé d'approcher le leur. Son visage identique à celui de l'admiratrice qui supplie Gena Rowlands à la sortie du théâtre, dégoulinant de pluie et que bientôt les roues d'une voiture réduiront en bouillie. Elle tend le cou et j'y porte les mains, je ne prononce pas un mot, les trois autres derrière moi ne me retiennent de rien. Elle se laisse entourer, elle esquisse à peine une mimique d'étonnement qui la rend plus séduisante encore et je serre, je serre mes mains contre son cou.

Mes mains ont une force insoupçonnée. La fille ne crie pas. Le temps qui s'écoule avant qu'elle glisse au sol n'existe pas.

Personne ne comprendra que ce temps qui m'aurait permis de réaliser ce que j'accomplis n'a pas existé. Ne m'a pas donné la possibilité de m'interrompre.

Quelque chose qui conduisait à ce geste sommeillait en moi depuis toujours, c'est étrange à quel point il était évident que j'en arriverais un jour à l'accomplir, ce soir-là, à cet endroit précis.

Je n'éprouve aucune surprise. Un des autres me tire par les bras, je les entends qui courent, j'aimerais ne pas les suivre, demeurer au-dessus de la fille allongée sur le trottoir, profiter de l'attitude qu'elle a qui ressemble au sommeil, à un apaisement définitif dont je serais le dépositaire. J'aimerais ne jamais m'enfuir mais mes jambes me trahissent, elles se mettent en mouvement dans la direction inverse de celle qu'avait cette fille, elles se mettent en mouvement derrière celles de mes amis et je réalise qu'il faudra leur parler, me justifier, alors que je n'ai rien à dire, que je suis dans l'incapacité de me justifier.

Je cours et me promets de garder le silence. La dernière femme à laquelle j'aurai parlé aura été celle qui m'a montré des photos de ses gosses, que j'ai traitée de connasse. À elle, peut-être, si je la rattrape, parce que je remonte le chemin vers l'endroit où je l'ai croisée, à elle peut-être je parlerai, à elle je dirai ce que j'ai fait.

Je m'effondre.

Je m'effondre comme la fille, deux ans plus tôt. Il n'y a pas de grâce dans ma chute, un choc douloureux dans les reins au contact du sol. Je tombe foudroyée par la scène que je viens de vivre, par mes mains qui dans le vide se sont agrippées au cou de la victime, l'ont serré au comble de la démence. Je m'effondre d'avoir frôlé une compréhension possible du crime commis par le meneur, une justification fulgurante des raisons qui m'ont conduite à lui l'année dernière, à ce morceau de trottoir, en cette nuit d'août 2011.

Une fenêtre s'ouvre au-dessus du tabac, une femme se penche vers moi et me demande si tout va bien. Je me relève, produis un effort démesuré pour lui répondre que oui. Il y a un réverbère à hauteur de son visage qui rend son expression incroyablement distincte. Elle a une moue de mépris, sans doute pense-t-elle que je suis ivre. Il m'est soudain indispensable de lui faire comprendre qu'elle se méprend sur mon compte, mais c'est trop tard, elle a refermé sa fenêtre d'un claquement sec.

Ce n'est pas grave, la vigueur insuffisante de l'eau. Les bruits du camping autour de moi. Je me peigne. Je suis nue devant le miroir collé au mur de plastique, dans l'espace contraint de la salle de bain. Droite. Je ne me pose plus de questions sur l'apparence de mon corps. Mon corps est ce qui me servira, ce soir, à marcher dans les rues de Montpellier.

Je ralentis le mouvement de la brosse. Fixe le reflet de mon aisselle dans l'angle de la glace, parfaitement épilée avant la douche, peau plissée pareille au sexe d'une petite fille. Bientôt j'y déposerai un produit antitranspirant, la couvrirai d'un tee-shirt assorti à la tenue de sport qui m'attend sur le canapé, comme un costume de super-héros avant sa transformation. Je fixe la tenue que je vais revêtir pour me convaincre de sa réalité, de l'inéluctabilité de mon passage à l'action.

Une fierté monte.

Je touche le tissu du vêtement. Mes paumes de pieds encore humides se détachent du lino avec des bruits de succions molles, il me faudra les enduire de poudre au talc antitranspirante avant d'enfiler mes chaussures. Je tends maintenant la veste de jogging devant mes yeux, c'est comme si je faisais face au double que je m'apprête à devenir, comme si je contemplais les contours de la nouvelle personnalité que je suis venue, ici, m'offrir.

De l'extérieur, on ne me voit pas. J'ai tiré les rideaux. La lumière qui s'engouffre par transparence et celle qui perce à travers le plastique teinté de la fenêtre de la salle de bain sont suffisantes pour éclairer le mobil-home. Dehors le soleil tempête, écrase les derniers retours de plage, les préparatifs d'apéritifs. Peut-être aperçoit-on mon ombre à travers la vitre opaque. Un homme s'est assis sur un des bancs du camping pour scruter mes mouvements, fantasmer sur mes déplacements. Il m'a suivie, depuis mon arrivée ici, sans se faire remarquer. S'est arrêté derrière un bosquet quand j'ai pris l'air sur le parking entre Villeneuve et Montpellier.

Mon cœur s'est accéléré. Je sors sur la terrasse en bois, la luminosité m'aveugle, offre au voyeur la possibilité de s'enfuir, de se fondre dans la masse de ceux qui transhument de la plage aux caravanes. Je cligne des yeux. Aucun banc n'est occupé, aucun touriste ne remarque ma présence. Seul un gamin tenant sous le bras une bouée en forme de dauphin me montre du doigt, essaie d'attirer sur moi l'attention de ses aînés, qui ne réagissent pas, regardent obstinément dans la direction opposée.

Qu'a-t-il perçu qui justifie qu'il me désigne ? Il n'a pas ri, son regard exprimait une surprise mêlée de peur, l'envie d'être rassuré. Je n'aurais pas dû sortir, m'exposer aux regards. Je regagne le mobil-home en proie à une agitation injustifiée, referme sur moi la porte à clef. Le calme né de l'obscurité et de ma nudité a disparu, je dois m'allonger pour reprendre mon souffle, reconstituer mes forces.

À minuit, je me redresse. Résolue. Je me glisse dans les vêtements qui m'attendent sur le canapé. Jusqu'au parking je ne croise personne, malgré les bruits de la soirée hawaïenne qui me parviennent des abords de la piscine, les jeux de lumières qui attestent que les vies continuent, que mes pas dans la nuit n'ôtent rien à personne.

La familiarité de la route conforte mon projet.

Je l'aperçois dans sa voiture. Lui aussi me repère à l'entrée du Peyrou. Il m'adresse un signe étrange de la main, comme un salut incrédule. Je ne bouge pas. Je l'entends se garer sur le parking tout proche, que l'angle du mur me dissimule.

Ses pas approchent dans l'allée perpendiculaire. Je rabats sur mon front la capuche du survêtement, le geste a quelque chose de factice à quoi il me faut malgré tout souscrire. Enfin sa silhouette se matérialise dans la nuit. La silhouette d'un homme de mon âge, la silhouette abîmée du premier amour.

Il ne formule aucune remarque sur ma tenue, me prend dans ses bras. La perfection de ce geste fait chanceler mes résolutions. Je profite quelques secondes de son étreinte, puis m'en dégage.

– Tu es revenue ?

Il recule d'un pas, ses paumes contre mes joues, me dévisage comme s'il ne croyait pas à ma présence.

– Tu es là depuis combien de temps ?

– Six jours.

Malgré l'absence de luminosité, je remarque qu'il blêmit.

– Tu repartiras après une seule nuit ?

Je ne réponds pas. Des éclats de voix nous parviennent imprécis des allées voisines, des rires, des verres qui s'entrechoquent.

– J'aimerais qu'on marche dans le parc. Comme quand on était jeunes.

Nous passons les grilles, sans nous toucher. Jacques s'engage spontanément vers le mur qui surplombe la vieille ville à côté de l'aqueduc.

Je le suis.

– Tu te souviens, on s'asseyait sur le rebord.

Il se tourne vers moi, une expression juvénile dans le regard que je ne lui ai plus vue depuis longtemps.

– On recommence ?

Il prend appui sur ses mains, cherche à hisser son corps sur le parapet. Je me souviens du même geste accompli un quart de siècle plus tôt, sans difficulté ni appréhension. Aujourd'hui j'ai peur qu'il bascule dans le vide, je pourrais crier, attirer l'attention sur nous.

– Jacques !

– Je ne suis pas si vieux.

Il rit. A présent il est assis. Son dos forme une trace sombre en amont des Cévennes. La lune disperse entre les arbres une lumière imprécise, on entend par à-coups dans les rues en contrebas les glissements de quelques voitures qui circulent encore.

– Viens à côté de moi.

Je m'approche.

Je m'approche de son dos jusqu'à percevoir sous le tissu de sa chemise les déplacements légers causés par sa respiration.

Il fredonne. Je reconnais l'air, une chanson intemporelle qui ne m'évoque rien.

Mes mains sont dressées dans la nuit, parallèles au dos de Jacques. Si proches que je ressens dans le creux de mes paumes la chaleur de son corps. Un pan de sa chemise frôle ma peau, rien ne peut surpasser l'intensité de ce moment.

Dans trente secondes, tout pourrait être fini.

C'est à ça que je voulais arriver : la vie d'un homme entre mes mains. La seconde suspendue avant l'ordre qui jaillit du cerveau, déclenche le geste sec et définitif auquel aucune résistance ne peut être opposée.

L'acte qui empêchera que le procès du meneur soit l'événement du lendemain.

– Viens, répète Jacques.

Les vibrations de sa supplique pulsent contre mes paumes.

Un geste sec et définitif.

L'instant d'après, la ligne droite du parapet retrouverait sa netteté face à l'horizon.

Un geste sec et définitif.

Mes mains retombent le long du corps.

Dans les allées du Peyrou, je perçois un bruit de verre qui se brise au sol, des chants entonnés par des voix avinées.

J'accomplis une dizaine de pas à rebours, très lents. Je heurte le tronc d'un arbre.

Je ne jette pas un dernier regard au parapet.

Je traverse le parc, sans hâte, en direction de l'endroit où Jacques m'a retrouvée.

J'aperçois ceux que nous avons entendus rire : des volutes de fumée s'exhalent de leurs bouches.

Je lève la main pour leur envoyer une manière de salut. Je m'attarde dans la nuit sur la pâleur de ma peau, l'absence de preuve attestant ce que savent mes paumes. Ils ne me remarquent pas.

Quand j'ai franchi la grille du parc, je sors mon téléphone de la poche, compose le numéro de ma mère.

– Je crois que j'ai fait quelque chose de grave.

Mes yeux errent sur les parois jaunâtres de l'arc de triomphe, dans l'attente de la sentence. Derrière le mur, sur le parking, il y a la voiture de Jacques.

Malgré la qualité médiocre de la communication, je perçois l'élan qu'elle prend avant d'asséner son verdict. Contre toute logique, j'espère encore une absolution.

– J'ai toujours su que ça finirait comme ça.

Je raccroche.

Je me débarrasse de la veste de survêtement sur un banc.

La nuit est assez tiède pour que je m'y promène en tee-shirt.

Du même auteur

Le fils de l'idole
roman
Éditions de la Martinière, 2005

Jeanne en juillet
roman
Éditions de la Boucle, 2010

Grâce à Gabriel
roman
Éditions de la Boucle, 2012

Le tennis est un sport romantique
roman
Jean-Claude Lattès, 2013

La vie secrète du fonctionnaire
nouvelles
Jean-Claude Lattès, 2016

Le trésor de Sunthy
roman jeunesse
Lucca éditions, 2019

ILS ONT COLLABORÉ À CE LIVRE :

PIERRE FOURNIAUD
DIRECTION ÉDITORIALE ET COORDINATION

ANNIE-FRANCE LAURENS, EVELYNE GENY
RELECTURE ET ÉDITION

LISE CLAUDEL
CORRECTION

REMY TRICOT
COUVERTURE

BRUNO RINGEVAL
COMPOSITION

DONATA JANSONAITE J
IMPRESSION

MARIE-ANNE LACOMA
SUIVI COMMERCIAL ET PROMOTIONNEL

AGENCE TRAMES
RELATIONS PRESSE ET CESSION DE DROITS

LES ÉQUIPES DU CDE ET DE LA SODIS
DIFFUSION ET DISTRIBUTION

LES LIBRAIRES
COMMERCIALISATION ET PROMOTION

DÉPÔT LÉGAL : JANVIER 2022
IMPRIMÉ EN UE